我
在
天
涯

等
你

刘
爽

著

长江出版传媒

长江文艺出版社

目 录

序：有心的道路

黄　耆

"我喜欢今天这样的日子，喜欢铁灰色的天空，喜欢严寒中庄严肃穆的世界，喜欢桑菲尔德，喜欢它的古色古香，它的旷远幽静，它乌鸦栖息的老树和荆棘，它灰色的正面，它映出灰色苍穹的一排排黛色窗户。"

是否以《简·爱》的文字为刘爽新书的序开头，我个人有些犹豫。因为，就我自身的阅读经验来说，《简·爱》是一本特别重要的书，她几乎承载着我从少女时代开始的对于英国的全部想象。我还记得书中另一段记述："月亮庄严地大步迈向天空，离开原先躲藏的山顶背后，将山峦远远地抛在下面，仿佛还在翘首仰望，一心要到达黑如子夜、深远莫测的天顶。那些闪烁着的繁星尾随其后，我望着它们不觉心儿打颤，热血沸腾。一些小事往往又把我们拉回人间。大厅里的钟已经敲响，这就够了。我从月亮和星星那儿掉过头来，打开边门，走了进去。"

如同我钟爱夏洛蒂·勃朗特，阅读《哈利·波特》长大的"90后"，他们可能更有感于魔法石、小天狼星"骑着扫帚就能飞"的 J.K. 罗琳。这是时代的印记，也是一个人自身与这世界的因缘和合。

2016 年初夏，我由南京经停香港落地英伦大地，黄昏之光依然灿烂，飞机触地的轰鸣声中，少女时代的自己翩然而至，这个至今不肯离我远走的小姑娘，她怯生生、带着一丝忧伤地追随我，她为我无可救药地爱上这片土地画下了极其浓郁的一笔。

一年前得知刘爽想要出版一本英国游记，欣喜之余应允为她写序。我曾在英伦断断续续行走，在考文垂圣迈克大教堂残垣里拥抱风；在铁灰色天空下凝望斯旺西的海面水花飞卷；穿梭在爱丁堡迷人的街头，走过一排排黛色窗户，在城市一角聆听溪水潺潺；穿越苏格兰高地的艳阳，在湛蓝的尼斯湖畔独坐。我时常伸出手触碰干净而湿润的空气，看海鸥停在雕像头顶与雕塑浑然一体。我知道我的行走经验一定和刘爽有所不同，因为我们每个人，都只是行走在寻找自己内心的道路上。

刘爽是一位真正的文艺女青年。有别于一般文艺女青年，她不矫揉造作，也不无病呻吟，更不标新立异玩"另类"。她以奔放的热情投入生活，热烈地爱，热烈地拥抱人世间，探寻美好并努力成为其中的一部分。她指尖流淌和笔下葳蕤的都是美和希望。阅读她，阅读她的文字，我时常惊讶于她强大的生命力，如春日抽出新芽的枝条，青翠而柔曼。她走走停停、悠然自得的生命状态，传递着年轻的激情和爱。这将是她成长为她自己的力量源泉。

我在通往故乡的列车上完成了以上这一小节文字。抬起头侧身望向窗外，一丛丛油菜花洒落于江南原野，葱绿中耀然的金黄，房舍错落其中。我看见运河缓动的波纹，水面上一支长长的船队，河水静静地延伸着。更小一些的湖泊，岸边聚集着一群群白色的水鸟，就像一朵朵盛开的白色花。

我的心头涌动起无比的感动。多么美！没有什么比春天更令人神往。"碧玉妆成一树高"。以春日盛大的绽放与美好，以生之鲜活和爱，祝福刘爽。

乙亥年二月二十六日　石城·静忆斋

自序

路途再遥远，不要不回来。

记得天涯，有我在等你。

回忆再精彩，仍期待未来。

　　五年前，我漂洋过海来到英国，走过二战之后重建的考文垂大教堂，阳光穿过彩绘玻璃发出五彩的光；走过伦敦的塔桥，巨大的伦敦眼在湛蓝的天空中缓慢旋转；走过利明顿的公园，在原生态的河边欣赏夕阳；走过伯明翰的维多利亚广场，年轻的情侣在雕塑喷泉旁读着诗集；走过爱丁堡的亚瑟王座，金色麦田一般的野草随风摇曳；走过斯旺西罗西里海湾的断崖，坐在毛茸茸的草坪上和绵羊一起眺望碧海蓝天；走过布莱顿的鹅卵石海滩，骑着海边的旋转木马看海鸥飞翔；走过斯沃尼奇的侏罗纪海岸，在海边的五彩房子旁驻足休憩；走过拉格比的羊驼牧场，在春天追逐一群可爱的羊驼……我一路行走，带着一颗纯粹的心，一颗探寻人生意义的心。这些温柔、美好又深情的画面，像蒙太奇一般反复在我梦里出现，我一遍又一遍地回忆。

　　我不愿说这是一本迟到五年的书，我更愿意说这是一本历经时间而沉淀出的记忆。这份记忆，是人生夜空里一颗清澈明亮的星星，闪烁着微光，温暖着我往后的人生。在英国

攻读传媒硕士的留学时光里，我熬夜撰写论文，认真做一日
三餐，用心去体会英国的人文景观与自然风光。每一天我都
过得充实而有意义。在学习之外的时间，我从考文垂开始，
游历了伦敦、利明顿、伯明翰、爱丁堡，斯旺西、布莱顿、
斯沃尼奇、拉格比……这些熟悉的城市，每在我的记忆中浮
现一次，就变得更加悠远深邃。

　　回国之后的五年，每当我感到疲惫或脆弱时，只要回想
起英国的时光，就会感到心灵被慰藉，被治愈，被滋养。一
切物质与繁华皆带不走，但美好的记忆与精神可永驻。保持
一颗纯粹之心，赤子之心，回归自然本真。

　　　　　　　　　　　　　　　　　刘　爽

　　　　　　　　　　　　　　二〇一九年四月 武汉

　　如果我有一个时光机，我最想回到英国的侏罗纪海岸，回到斯沃尼奇的沙滩。（拍摄于 2014 年 9 月 27 日，英国侏罗纪海岸斯沃尼奇的沙滩）

WO ZAI TIAN YA
DENG NI

我在天涯等你

考文垂

1

天鹅湖迷路

· · · · · · · · · · · · · · · · · · · ·

一只白天鹅从素描本旁飞过，落入湖心。细碎的阳光，微微跃动、欢腾。水纹捧起明媚的小颗粒光斑，让我心神缥缈。天鹅湖上，几只白天鹅安静地浮游着，岸上的灰天鹅，悠闲地踱步，仿佛有大把时间可以用来度假。

空气很清新，风很柔和。我抬头凝视湖面上的白天鹅，用铅笔勾勒它的轮廓。阳光明媚的午后，在天鹅湖边素描写生，是极好的。好朋友递来条状的蓝莓味软糖，我咬下一半，将另一半伸向湖边，引来一群灰天鹅。

吃完糖果的灰天鹅又涌向别处，靠近电动轮椅上的英国老人。老人带了一大袋面包，喂给天鹅们。几只灰天鹅簇拥而来，将脑袋搁在老人的双膝上，等待奶香味的面包。这种松软的椭圆形面包是从附近的大超市买来的，不仅天鹅和鸽子爱吃，还受到小松鼠的青睐。

阳光变得愈加通透，夹杂着面包的香味儿。老人右后方的长椅子上，依偎着一对中年夫妻。他们神态慵懒，时而观看老人喂天鹅，时而凝望湖面，时而安静发呆，时而又絮絮聊天，仿佛可以一直这样依偎着，成为永恒的定格。他们在长椅上坐了一下午，夕阳渐渐将他们的背影拉长。这是爱情美好的模样，不徐不疾，平静笃定。此刻，我眼前是一幅绝美的画，它无须进入大英博物馆，它就在当下那一刻，即为无价之宝。

我爱这样的画面，静谧安宁，没有焦虑，没有惆怅，只有阳光和微风，只有一片温柔的天鹅湖，只有相互依偎的彼此。我用铅笔在素描本上画下这番风景，让它成为永恒。静谧的时光宛若一个柔软的梦，我不愿醒来。

初来考文垂时，我对路线不熟悉，经常走着走着就迷路了。天鹅湖亦是我在一次迷路中遇到的。这片精致又梦幻的小天鹅湖，位于考文垂市中心位置，离我住的公寓大约十分钟路程。我时常和朋友们来天鹅湖散步，或是坐在长椅上晒太阳，甚是惬意。蓝蓝的天空倒映在湖面，白天鹅游动时激起一层层涟漪，云朵在湖里绽放。我的目光落在涟漪的深处，湖面跳跃的星光将我深深吸引，仿佛会钻进另外一个世界。曼妙的涟漪，给人慰藉，有种天然的治愈性。一切烦恼和伤痛皆烟消云散。内心也如天鹅湖一般，澄澈、清亮。

2

英国初印象

·····················

　　每天都有一个接一个的小惊喜蹦出，让我更加了解考文垂的美好，也让我更加坚定了"出走"的心。从决定来英国读研的念头诞生，到准备雅思、申请学校，再到考文垂的天鹅湖，我只用了短短三个月的时间。那三个月里，我每天做剑桥雅思真题，每天写八百字的雅思作文。三个月后，我一个人漂洋过海，来到大不列颠岛，看到了儿时童话书里才有的古堡。

　　飞机上，翻涌的云海，像内心巨大的勇气和信念开出的花儿。飞机降落前，伦敦眼闪烁着宝蓝色的光芒。瞬间，我心里有浓稠的情绪滑落，隐约感到未来有一些故事在等着我，仿佛会有电影一般设计精巧的情节，戳进缥缈的梦境。

　　历经 10 个小时的飞行，下午两点，飞机在希思罗机场降落。我拖着两个大箱子，背着大书包，等待接机人。考文垂大学的校友科林 (Colin) 带了一个老外司机，开着小轿车来接我。出机场之后的高速上，我第一次目睹英国的堵车，

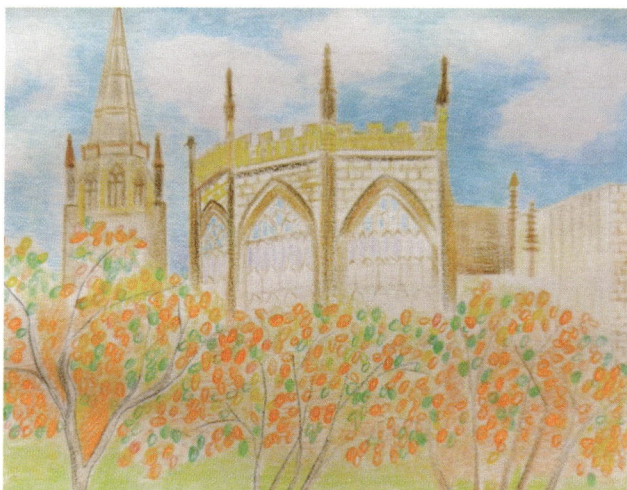

刘爽彩铅手绘《考文垂大教堂》创作于2017年4月19日

每辆车之间隔着两米远的距离。英国果然是名副其实的颇有"距离感"的国度。若是行人不小心挡道，会轻声说一声"sorry"。在伦敦，每天说十句"sorry"也不为过。

我到达英国的第一天是2013年7月23日，正是盛夏时节，大朵的绣球花装点在街道边，晴朗的阳光晕染着雪白的云朵，湛蓝的天空中徘徊着教堂清脆的钟声，鸽子自在飞翔，轻灵地落脚在喷泉旁。我入住了考文垂大学的修道院学生公寓（Priory Hall）。公寓前的鹅卵石小路通向圣米迦勒大教堂。我房间的窗户正好斜对着大教堂，可以看到教堂的塔尖。窗外的风景绝佳，大片的梧桐叶，与砖红色的教堂墙壁，相互映衬。

修道院学生公寓是我在英国的第一个住处，房间里设施齐全，单人床、书桌、衣柜，和冷热水分开的浴盆。浴室和卫生间皆在房间外，小巧洁净，热水充足。学校公寓距离教室和学习中心都比较近，大约五分钟步行路程。科林将我的行李搬入房间之后便离开了。我打开行李箱，独自进行整理。房间虽然不大，但小巧、温馨。公寓的大门需刷卡进入。

我一边收拾一边凝望窗外的教堂塔尖。天空由湛蓝变为紫蓝，大片晚霞将教堂塔尖烘托得更加神秘深邃。漫长又梦幻的英国留学生活由此开始。

3

遇见
....

来到英国，我不仅仅想学到丰富的专业知识，提高自己的专业素养，更想开阔视野，丰富自己的人生阅历。初到英国，我对遇到的每一个人都会格外留意。异国的环境，让人充满了好奇。我刻意打扮得成熟，不轻易透露自己"小孩子"的一面。在英国的第一个夜晚，我安置好自己的小家之后，躺在床上直到凌晨，脑袋里充满了对未来的期待，不知道会遇到什么样的人和事。这里的一切都变得梦幻起来。第二天上午，科林带我去学生中心注册，办理学生证，去银行办理银行卡。晚上我们和另一个女孩巴尔维纳一起在烤鸡店吃烤鸡翅。接着，我被女孩带到单间公寓，与工商管理专业的留学生们一起聚会。单间公寓是学校的另一种公寓，比修道院公寓更宽敞，但距离上课的教室比较远。房间里大约有二十多人，大家相互聊天，开玩笑，一片热闹。

　　我安静地听着同行女孩巴尔维纳与工商管理专业的艾米聊天。她们热聊一会儿，又将话题转向我。"我真的好羡慕你这样的性格，可以安静地听别人讲话，自己就不用费劲想话题了。"艾米对巴尔维纳说道。两人微笑看我，我笑而不语。几个身材高大的男生，争先恐后地在厨房制作美食，有芝士土豆泥、红烧肉片，还有胡萝卜炖鸡等。我发现在英国读书的男孩勤奋又绅士，修养极好，还都是居家好男人。有的女孩想上前帮忙，男孩却微笑拒绝了，要女孩在沙发上休息即可。身处异国环境的留学生们团结友好，像一个温暖的大家庭，他们举手投足之间的善意令人感动。女孩们索性围簇在男孩们身旁，看他们做菜，不时地给予赞美和鼓励。男孩们就更加带劲地翻炒锅里的食物，展示出"大厨"的风范。性格开朗外向的女孩，带着几瓶酒来到我们中间，每个人都要喝上一杯龙舌兰，大家把酒言欢。我们围绕成一个圆圈而坐，轮流倒酒，轮到谁喝，大家的目光就聚焦在谁身上。一向不喝酒的我，果断找朋友帮忙代酒。

我对面的男孩，身高一米八六，留着较长的头发，扎着小辫子，前额露出标致的"美人尖"，皮肤黝黑，脸颊清瘦，轮廓俊秀，身着灰色衬衣，棉麻质地，有褶皱纹路，看起来颇为时尚，散发着一股浓郁的艺术气息。他特立独行的气质，透露出一丝桀骜不驯。他是 R 先生。

聚会结束，我和同行女孩巴尔维纳，还有扎辫子的男孩 R 先生，一起走回修道院公寓。一路上，我倾听 R 先生与巴尔维纳的交谈。原来，R 先生是考文垂大学汽车设计专业本科一年级的学生。他告诉我们，初到英国的时候，他天天去酒吧，跟老外聊天，吃生牛排吃到腹泻。我听他生龙活虎地说着酒吧里的奇人异事，仿佛他就是小说里的人，一个携带故事的人。

英国的七月，晚上十点半，夜空仍然飘着发光的白云。英国纬度较高，夏季的日照时间较长，晚上八点也能看到灿烂的阳光。我陶醉在这样的季节里，思绪已经随着夜空的云飘到很远很远的地方。

清晨六点钟，我被窗外灿烂的阳光吻醒。迅速梳妆之后，我乘着阳光路过考文垂教堂，直奔教室。考文垂大学的第一节课令我记忆深刻的是同班的俄罗斯女孩塔尼娅(Tanya)。她与男友一起来英国学习，两人同住在修道院公寓，形影不离。她的男友很绅士，出入公寓时会帮女孩子扶门。后来我才知道，在英国，每一个男生皆是如此。无论是扶门这样的小细节，还是言语中的温柔亲和，举手投足之间皆流露出绅士风度。

课程结束之后，我回修道院公寓时再次路过考文垂大教堂，看到一对英国老人，手牵手，相互搀扶着走上教堂的台阶。阳光正好倾洒在他们的背上，他们的动作很缓慢，很温柔。我不禁驻足，凝望他们慢慢地走过台阶，心里流淌过一阵暖流，被深深感动。我拿出手机，拍下这对老人的背影，忍不住发了一条微信状态："如果有一天，我们可以手牵手在这样的晴天里游走。如果我们连一起讲废话都可以笑开花。如果云都被我们幸福得蓝掉。那我们还何必纠结爱与被爱。无关风月，只为真心。"

来考文垂的第一个星期，漫长又美好。我在留学生们其乐融融的相处中寻觅到了家的感觉，心境由起初的不安逐渐变得轻松。这里的人、建筑和天气，皆是如此亲切、适宜。清新文艺的风景让人心生愉悦。仿佛每天我都生活在童话里，每天我都有所期待，每天我都欣然接受生活的馈赠。我很庆幸，自己在英国读书时，身心能够拥有这般清透、自由的状态。我不再沉湎于过去的悲欢离合，我更享受当下，对未来也充满希冀。我会一路行走，永不停息。生命力总是顽强的，无论在哪里，发生什么，都不会剥夺一个人行走的力量。这是一个很好的开始，后面会有更多的美好与挑战等着我。

考文垂大学传播、文化与多媒体(Communication culture and media)专业的研究生班里，"80后"同学居多，我是少数"90后"同学中年龄最小的。很多同学在国内工作之后再选择出国学习，他们都有着各自不同的背景和工作经历。我发现为梦想行走的人不少，为梦想勇敢执着的人没有年龄限制。

只要有一颗敢于行走的心，随时准备出发。我才22岁，正年轻，我要更加努力，尽情地去感受这个丰富多彩的世界。

回首人生时，不再欣羡繁华，只眷恋这份静谧，寂静即深情。（拍摄于
2014 年 9 月 22 日，英国考文垂）

4

从《夜访吸血鬼》到《夜的钢琴曲》

在没有钢琴陪伴的日子里，那些无处安放的情绪，随着《夜访吸血鬼》的旋律，在教堂尖顶之上的夜空飘荡、盘旋、辗转。自从有了这台钢琴，白日那些纷繁的情绪、细腻的感受，随着《夜的钢琴曲》飘散在风中，掠过教堂旁的玫瑰，穿过阳光，吹进梦里。回国后的五年里，我无数次弹起《夜的钢琴曲》，仿佛那透明的心境，从英国留学时期一直蔓延到后来的职场生活，让我可以在繁华之中不失那份纯粹。

耳机里单曲循环着五月天的《夜访吸血鬼》，白天的灿烂与明媚，在夜里糅成滚烫的情绪。白日里，我与小伙伴们一起上课，一起吃中餐；夜里，独自躺下，感到透明的孤独袭来，但并不觉得忧伤。

我陷入冥想：我千里迢迢奔赴英国，最重要的原因是什么？

不仅仅是为了读一个硕士，不仅仅是为了圆儿时的童话梦，更是为了给人生增添阅历。我要将英国生活的点点滴滴都记录下来，这些细碎又丰富的记忆，一定会成为人生最宝贵的财富。

阿信的声音渗透出青春的倔强与不羁，也成了黑夜里失眠灵魂的最佳陪伴。这首魔幻爵士摇滚，旋律激昂，节奏酣畅，情绪递进，颇有层次感，于我而言，越听情绪越浓稠，更加难以入眠了。但我偏偏喜欢在深沉的夜里，沉浸在旋律之中，回想一些细碎的画面。远处，隐约中，一个熟悉的侧脸，被鸭舌帽的帽檐遮住。歌声里恍惚出现他的背影。安静地聆听，被帽檐遮住的念想。那个餐厅，沉默的画面，歌声激起幻觉，隐匿的心结在一瞬间显露。

初到考文垂的第一个月，为了更好地融入留学生的圈子，不得不参加各种饭局和活动。我并不是一个热衷于社交的人，但在异国他乡，我也不得不让自己变得活络起来。到了夜深人静时，回归安静的本质，我更享受孤独。

红熊猫餐厅里播放着五月天的歌《夜访吸血鬼》，接着又滚动播放着熟悉的音乐，周杰伦的歌曲《傻笑》《明明就》《她的睫毛》《枫》……这些从中学一直听到研究生时期的歌曲，已经跨越了十年的岁月。从湖北的江边小城到英国的中餐厅，漫长的十年时光，仿佛一切故事通过一首歌的时间就足以回顾。那些青春的懵懂、忧伤、晦涩、脆弱，在异国他乡显得更加悠长。

来到英国的第一个星期，我就开始想办法去买钢琴。在科林的帮助下，我从伯明翰买回一台雅马哈的钢琴。这台钢琴很特别，是一个男孩送给女孩的情人节礼物。搬运的时候，女孩再三强调一定要好好保护这台钢琴。女孩非常地不舍，眼角有泪花。我心中翻涌起情绪，柔软起来。

"你一定要好好爱惜它。这台钢琴很新的。"

"你放心，我会好好爱惜的。"

在科林的帮助下，我们将这台深咖色的钢琴从伯明翰运到考文垂，放在新公寓的客厅。晴天的时候，阳光透过奶黄色的窗帘，照进来。如此，我可以一边晒着太阳一边弹钢琴。我一直很喜欢弹琴，无论在哪里，我都希望有一台钢琴，在我孤单、失落，抑或在情绪柔软的时候陪伴我。

我在公寓的客厅弹着五月天的《突然好想你》，周杰伦的《彩虹》。熟悉的旋律仿佛将我带回到18岁的时光，那段青涩又忧伤的时光。从修道院公寓搬到新的公寓之后，我经常弹琴。公寓室友为了追女孩子，跟着我学《天空之城》。没多久就追到女孩了。科林也跟着我学钢琴。他学习的歌曲是Tank（吕建忠）的《如果我变成回忆》。

公寓的客厅宽敞明亮，奶白色的地毯上，深咖色的钢琴安静地伫立着，整个房间因这台可爱的钢琴而变得更加温馨、文艺。无论是白天还是黑夜，当情绪缱绻，或内心不平静时，打开琴盖，弹上一首自己喜欢的钢琴曲，仿佛一切情绪皆可以化作音符，与阳光融为一体，随风雨飘散，同夜色流淌。

科林说："一般女孩子来到英国，第一件事就是去比斯特免税村或是商场买下一个自己喜欢的包包，而你却是千里迢迢跑到伯明翰买了一台钢琴。"

"我喜欢钢琴。无论在哪里，我都希望可以弹钢琴。"

"你太奇怪了，太特别了。"科林不禁感叹道。

我在朋友圈发布了英国钢琴班招生的信息，很快，越来越多的留学生找我学钢琴。有不同专业的校友，有上班族，还有千里迢迢从伯明翰坐火车赶过来上钢琴课的博士生。我很开心，能够继续在英国教钢琴，延续了我在大学创立钢琴速成班的事业。有了钢琴的陪伴，我似乎不再那么孤单了，不会再听着《夜访吸血鬼》失眠。一切情绪皆化作黑白键的旋律。

我最爱弹周杰伦的歌曲，熟悉的旋律在空气里振动。英国是周杰伦最爱的国度之一，同样也是他后来进行童话般城堡婚礼的地方。我来到偶像歌手喜欢的国度，这是冥冥之中的缘分。

除了弹周杰伦的歌曲之外，我也喜欢弹动漫歌曲和影视歌曲，例如《天空之城》《犬夜叉》《夜的钢琴曲》《不能说的秘密》《Reason》……

我专心致志地弹着琴，科林站在一旁聆听。

"你睫毛好长啊，是真睫毛还是假睫毛？"

"当然是真睫毛。不信你用手扯一下。"

"你有一个音弹错了。"

"你这也能听出来？"

……

我一边弹琴一边和科林聊天，就这样清清淡淡地，恬恬静静地，度过了一下午的时光。

第一次听《夜的钢琴曲》，是《见与不见》的朗诵背景音乐。

你见，或者不见我

我就在那里

不悲不喜

你念，或者不念我

情就在那里

不来不去

你爱，或者不爱我

爱就在那里

不增不减

你跟，或者不跟我

我的手就在你的手里

不舍不弃

来我怀里

或者

让我住进你的心里

默然相爱

寂静喜欢

5

从考文垂开始

....

　　我会把每天买回来的食材，以及当天做的菜名，记录在手机的备忘录里，这些生活的点滴都是我珍贵的回忆。和朋友一起买菜、做饭，这些最平凡的幸福，让我内心踏实、富足。

　　谈起考文垂，我有太多的感情想表达，但又不知道从何谈起。

　　考文垂这座城市并不大，没有伦敦繁华，也没有爱丁堡魔幻，但它散发着家的气息。我与它有着莫名的缘分。

　　来英国之前，我在做剑桥雅思真题的听力填空题中，第一次认识了"Coventry"这个单词。那道题目正是对考文垂的介绍。再当我看到考文垂大学官方网站上的传播、文化与多媒体硕士专业的课程时,我认定这就是我想学习的课程,虽然这个专业作业很多,要写很多论文。研究生课程一共有八门课,分三个学期进行学习。课程的学习主要集中在前两个学期,第三个学期重点是撰写毕业论文。

教授这些课程的老师也颇有趣。教授新闻课的老师是一位英籍印度人。他说着一口流利的印式英语,这对于中国留学生而言,听课时会比较吃力。不过,我每次都认真做笔记,与同学交流。教授硕士项目研究的老师是一位瘦瘦的英国美女。记忆最深的是,在一个冬天的清晨,她披着染黑的长发,涂着玫瑰红的唇彩,端着一杯白酒,穿着喇叭牛仔裤,给我们上课。教授电影理论课程的老师,幽默风趣,对中国电影有着很深的感情。他的妻子是一位中国女子。课堂上,他播放他喜爱的电影给我们看,并耐心地给我们讲解电影的结构、逻辑、时间线等。教授数字媒体课程的老师斯蒂芬,是我的毕业论文导师,也是我们专业的办公室主任。他个子高大,帅气又沉稳。他热衷于机器人的研究,写过一本关于智能机器人的书。媒体文化理论的课程,相对其他课程要难很多,有部分同学的论文没有一次通过。我在图书馆借来一大堆书籍,把老师发的理论资料认真进行了梳理,并加以运用,论文一次通过。社交媒体课程的老师也是我的导师斯蒂芬。我对社交媒体课程格外感兴趣，毕业论文我写的就是社交媒体相关的学术研究。教授广告学课程的老师活泼幽默。他最爱爬到桌子上站着讲课。在一次广告课的活动上，我设计了一款香水的广告，和小伙伴一起演讲，解说彩虹试管香水的含义，赢得了来自全世界各地同学的掌声。那一刻，我作为中国留学生，感到很自豪。

在这八门课中，我分数最高的两门是硕士项目研究和电影理论课程，其次是数字媒体、媒体研究、社交媒体课程和媒体文化理论。难度较大、普遍压分的课程的是新闻课和广告学。不过，相对重要的课程，我的分数都很高。新闻与广告是较为边缘的课程，并不影响我整体的分数。在刻苦学习和"论文奋战"之后，我的学分也都修满了，顺利毕业。

我们大部分课程皆在埃伦特里 (Ellen Terry) 教学楼里学习。这是艺术与设计学院所拥有的教学楼，其中也包含了音乐与表演艺术。清淡的粉绿色与奶黄色的外墙，使整个教学楼看上去像一块哈密瓜芝士蛋糕，温馨可爱。

每次写论文时，我都会去图书馆借一大堆书回家。半米高的书，摞在我笔记本电脑旁。我埋在书堆里，全身心地投入到论文撰写之中。虽然我并不会将这些参考书籍的每一页皆看得仔细，但我会汲取其中的精华。论文需要的辅助知识点，皆能在书中找到，再结合自己的理解，迸发出灵感。

写论文需要批判性思维，有时我会找朋友一起讨论，有时我会在书中找到契合的观点，再进行讨论。

回想起写论文的日子，百感交集。每次写完一篇几千字的英语论文，查重测试小于百分之十的时候，我就特别有成就感。我若通宵写论文，网上提交之后就倒头大睡，第二天让朋友帮我去递交纸质版论文。

第一次了解批判性思维，第一次熬夜撰写英文学术论文，还有第一次做"一日三餐"，都是从考文垂开始的……

在考文垂的日子，除了上课与写论文之外，我花费时间最多的事情就是买菜和做饭了。在英国，吃饭并不是一件容易的事情，尤其是吃到自己喜欢的食物。

做饭成了论文之外的第二大功课。我用手机下载了"下厨房"的 APP，按照步骤，自学了糖醋排骨、鱼香肉丝、萝卜排骨汤等菜。我会把每天买回来的食材，以及当天做的菜名，记录在手机的备忘录里，这些生活的点滴都是我珍贵的回忆。在英国，上课、写论文、买菜、做饭、弹钢琴，这般简单且平凡的生活，也拥有丰富细腻的精神体验，都让我内心踏实、富足。

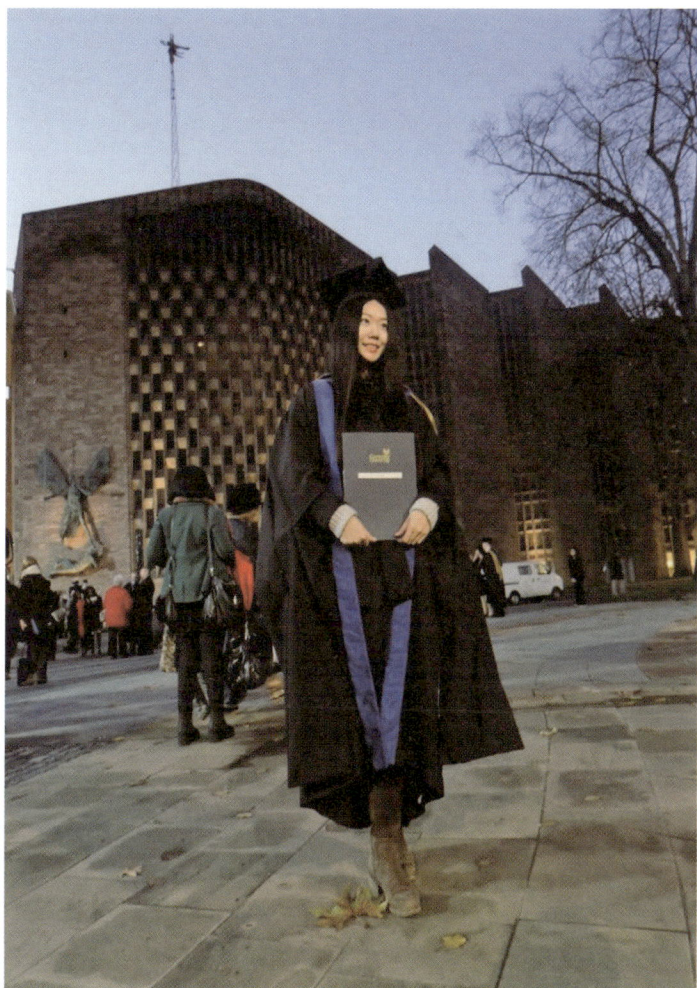

这一年，我硕士毕业了，而这一年的时光像灯塔一样，屹立在我的航行中。
（拍摄于 2014 年 11 月 17 日，英国考文垂大教堂毕业典礼）

伦敦

伦敦雨

············

我试图重新写一篇关于伦敦的故事，但觉得好难。

当我想起伦敦，就会想到那个 20 岁的男孩，扎着小辫子，在伦敦眼上，捧着单反，对焦大本钟，拍下雨中的伦敦。

如今我写不出与伦敦有关的文字，因为如果我写了，那就是在写他。

最后我决定，还是把 2013 年在空间日志写下的那篇文字放进这本书里。

家人跟我说，这就是你青春的一部分呀，即便随风飘散，也曾像阳光一样照耀过。

伦敦如果不下雨就会少了她独有的气质，虽然我喜欢晴天。老天很喜欢我的到来，第一次走进她就是在 R 先生的陪伴下。

牛津街的那场特大暴雨，再现了《不能说的秘密》的那句歌词："最美的不是下雨天，是曾与你躲过雨的屋檐。"

圆拱形的小伞下挤着我们，雨水打湿了半身。风很倔强，

对伦敦最初的印象就像中古世纪的一个梦。一个活在色彩斑斓的油画里的梦。（拍摄于 2013 年 8 月 24 日，英国伦敦福尔摩斯故居）

温度开始下降，心却是热乎的。躲雨的时候我们不约而同地哼唱起周杰伦的歌。

夏末初秋的季节，要为一场遇见来一次轰轰烈烈的前奏，铺垫都变得大气磅礴。泰晤士河上的大雨，油轮划开河水，划走所有缠绕的伤。

耳机里单曲循环着周杰伦的《大笨钟》，俏皮又可爱的调子。旋律伴随我们从塔桥下穿过，如此情节与歌声匹配得恰到好处。任凭手机和单反在雨中淋湿，情绪却是轻盈而明媚的。

R 先生有着时尚的装扮，内心细腻又单纯。和我一样都是左撇子的他，少不了古灵精怪的气质，调皮又可爱。

有些方面我们气质相通。

他说，如果不是那场雨，我们还不会那么快走近彼此，所以要感谢那瀑布一般的暴雨啦！缘分来了，挡也挡不住。

第一次到伦敦，我和小伙伴们一起乘坐了伦敦眼，还有 R 先生。

伦敦眼在夜里闪着宝蓝色的光，随着轨迹上升，俯瞰的夜景越来越开阔亮丽。绮丽的城市夜景让人联想到安妮宝贝笔下疏离的女子。那闪烁的灯光仿佛是夜幕降临之后，少女温柔的样子。

刘爽彩铅手绘《英国伦敦大本钟》

　　每处光亮闪烁着不同的故事，灯下人，灯下泪，灯下的爱恨情仇，灯下的悲欢离合，灯下的回忆烙印了谁的一生？

　　R 先生拨弄着镜头焦距，用单反记录下一份记忆、一种感觉。细密的雨滴布满了摩天轮的玻璃窗，朦胧的夜景升起神秘而梦幻的调子。R 先生总会站在我身后，生怕我走丢了。细微的雨滴从伦敦眼的玻璃墙壁上滑下。

伦敦晚上 10 点半。我与 R 先生走出大房子，留下一群小伙伴在房子里玩要。在这之前，我们迷路时偶遇一座古堡，门牌上竟然写着 "Club"。外表安静又古老的建筑里面却是一个酒吧。大家急于回酒店，没有一探究竟。

回到酒店后，我和 R 决先生定去寻找古堡俱乐部。夜访古堡，说不定能偶遇吸血鬼。我们走了好远的路，几乎把伦敦的宿宅区环行了一圈。

我踩着"女巫鞋"（我最爱的灰色尖头高跟鞋），和 R 先生用同一个耳机听周杰伦的歌，撑着同一把伞以轻盈的姿态在雨中走着，其实双脚格外酸痛。一个小时后，我们一致认为找不到古堡俱乐部了，于是决定返回酒店，但我们连回酒店的路都找不到了。手机也没电了，索性凭着直觉在伦敦雨中的小巷中穿行。雨时而下，时而停，像遥远的夜曲。

橘色的灯光像花香一般弥漫在安静的街道。精致的欧式别墅前，玫瑰、绣球，各种颜色浓烈的花儿盘绕在细腻雪白的雕纹石砖上。

古典的门把手，紧紧粘连着宝蓝或卡其色的大门，像千万小耳朵，聆听着伦敦夜晚的故事。温柔的夜色散落于窗棂。我们只听见彼此的脚步声。耳机里一直放着周杰伦的歌，时而盖住了 R 先生说话的声音。

霎时间，天空绽开茉莉般的烟火，万紫千红。烟花短暂盛开，恢宏的声响过后是更加阒静、辽阔的夜空。

R 先生突然转过来拥抱我。

"做我的女朋友吧！"

"你不作声，我就当作你答应了哦！"

他紧紧抱着我，语气里充满了欢喜。

"嗯。"我轻轻回了一声。

他是第一个当面对我表白的男孩。

他桀骜不驯的气质像充满神秘感的"野兽"，但相处越久就会发现，他是一个"婴儿"。伦敦的雨，温温柔柔的，让他变得柔软。

虽然我们再次迷路，错过了古堡俱乐部，但我却在 R 先生的地图里寻觅到了一个比古堡还神秘的小城堡。我们一路听着周杰伦的歌，好像神游在梦里。

我的脚痛得要断掉了，但心是甜的。我迷失在 R 先生的小城堡里，去找他的心。那个消失的古堡俱乐部，相信以后还会遇到，而这已经不重要。

WO ZAI TIAN YA

DENG NI

我在天涯等你

利明顿

1

邂逅神秘小镇

....

　　我第一次坐英国的双层巴士，去一个连名字都不知道的陌生小镇，是在威廉的陪同下。在英国的小伙伴中，威廉跟我比较有共同语言。他是一个清瘦小巧的男生，脸颊凹陷，颧骨棱角分明，娇小的身材却有着一颗强大的内心。每次都能从他犀利的言语中感受到理性的光辉。伶牙俐齿的他对待朋友却细心体贴。我尝过威廉煮的红枣茶树菇鸡汤，很有家的味道。

　　2013 年 8 月 5 日的下午，细雨蒙蒙，我买了两份考文垂的烤肠，其中一份递给威廉。我们捧着烤肠，大口大口地吃着，坐在公交站台等待双层巴士。等车的人并不多。玻璃站台，在雨中甚是安静。雨滴依附在玻璃上，散开成可爱的形状。人，雨滴，车站，构成文艺电影里的场景。

　　11A 路双层巴士来了。威廉向司机说："Hello, sir. We want to go to the final station. Two people." 我将 7.4 英

镑的硬币递给司机，出票机器即刻打出两条长长的蓝色车票。我们走上楼梯，在巴士二层找到靠窗的位子坐下。

我们乘着双层巴士出发了，目的地未知。巴士开到哪，我们就去哪！我们决定随缘下车，一路看风景。看着窗外打湿的梧桐叶，内心清净，莫名地想变成一片叶子随风飘走。

雨突然停了，阳光迅速探出头来。我坐在窗边，看见高大又茂盛的树枝快要伸进窗内，叶子上的露珠闪着光芒，笑容明媚。随着巴士的驰骋，不断有枝叶张开臂膀迎面伸来，夹杂着散落的小雨滴，落在脸上，一阵清爽。双层巴士将树木丛生的林荫小道撞出一个拱门形状的绿色隧道。威廉坐在我的右边。我们用耳机听着歌儿，不时地谈论一些有趣的话题。

天空明媚，漫天迁徙的阳光，散落在我们的肩上，耳朵上，眼睛里，宛若刚烘烤出炉的棉花糖，软绵绵的暖意。我很喜欢英国的双层巴士，可以近距离触摸树叶和路上的花儿。靠窗坐着，一边听歌一边仰望天空和凡·高笔下的麦田。

当双层巴士穿过中世纪风格的别墅群，停靠在英国地道乡间小镇的水果店旁，我闻到扑鼻的清香。小镇的生活气息浓郁，生机盎然。

大约过了 20 分钟，巴士已路过华威大学，接着像过山车一般在一望无际的田野旁奔驰，一会儿窗外的风景又变成大片大片的草坪，几只奶牛和绵羊散落在各处。大片晶莹剔透的云朵绽开，镶嵌着金边的云瓣儿四周是大海一般深邃的蓝，几只飞鸟点缀其中。杰森·玛耶兹的《I don't miss you》和《I'm yours》在耳边交替循环。我将这两首特别温情的歌儿也分享给他。旋律随着阳光和巴士的节奏一起律动。窗外一道"双彩虹"划过天空，心中升腾起欢喜。

双层巴士欢快地穿过一片又一片草坪，空旷的大草坪上伫立着一棵参天大树，姿势呈伞状伸展开，树旁边一只雪白的萨摩耶德犬来回奔跑着，主人在不远处散步，晒着太阳。

40分钟过去了。双层巴士进入一片热闹的街区。一排排花枝招展的小店，熙熙攘攘的人群点缀在干净的街道边，路灯上挂满了五颜六色的绣球花。威廉提议就在这一站下车。英国的连锁超市特易购（TESCO）就坐落在车站旁边。街对面是TOPSHOP和RIVER LAND服装店。

这里看起来好似小镇市中心的样子。我们跟着大部分英国人在此站下车。

"这个小镇叫什么名字？"我问威廉。

"不知道呢。"威廉也是第一次来。

我们索性达成共识，不去追问这座小镇的名字，保持一份神秘。天空再次收起了阳光，下起了小雨，但丝毫不影响我和威廉的高兴劲儿。小镇的建筑以白色为主，米色的石砖人行道，丘陵式蜿蜒起伏的地形，颇有希腊圣托里尼岛的风情。我收起伞，抓住挂满鲜花的路灯杆儿，张开手臂，大口呼吸微雨中的淡淡花香，粉色的剑桥包在身边摇摆，地面清澈如水，倒映着我的影子。

我与威廉沿着乳白色的建筑缓缓而行，不愿错过任何一家小店，仔细品味饰品店里的装饰物，与街灯上的绣球花，好似每一处细节都充满意味深长的故事。我们迷路在一处陌生小镇，带着好奇心去发现这座小镇的特别之处。我们变成孩童，带着最简单的心，去寻找小镇的美好。此刻，我放下了一切世俗烦恼，内心清澈透明。最好的旅行，莫过于历经世俗沉浮，依旧保持童年时的那份纯然之心。

在小镇的街角，我和威廉偶遇一个私人画廊，画廊虽不大，却格外精致。我情不自禁走了进去，被两幅巨大的油画所吸引。一幅是日出时的海边，一对情侣的剪影；另一幅是夕阳下的海边，仍是一对情侣的剪影。画面留出巨大的想象空间，简单唯美的意境，与细腻柔和的色泽，构成诗歌一般的气质。不知为何，我更青睐那幅夕阳下的海边，相比日出，这幅更多出一份历经沧桑的包容与豁达。画中是半圆弧形的海滩，夕阳下海水波澜起伏，整个海滩是深邃的红色，颜色分层递进的天空：蓝紫色、橙色、金色。火红的落日把沙滩染成酒红。海岸线绵延至天边，远处一对情侣的剪影悠远深长。整幅油画细腻似照片，却又能在细致分层的涂色中体现厚重的情感。这幅油画不经意间画出了我内心深处隐匿的心态，一份夕阳下的安稳与恬静。

英国本土的画廊遍布每个城市，除了伦敦和爱丁堡等大城市有国家美术馆之外，大多城市和小镇里都有私人的小画廊，而这些画廊都带有强烈的个人色彩。这家画廊热衷于唯美海岸风光，想必他的主人一定有深重的海边情结，画廊里的每一幅画都与海边有关，深得我心。我凝视油画久了，仿佛自己也走进了画中的故事，幻想着与相爱的人于海边散步。当我回过神，思绪已从遥远的星河旅行而归。

我们走出海边夕阳的小画廊，一组古罗马风格的建筑引人注目，这是小镇最恢宏的三联体建筑，由公立画廊、博物馆和图书馆三个部分组成。博物馆外的罗马石柱上挂满了红色的吊篮花，繁茂娇艳，在空旷无人的长廊里轻轻摇曳。此刻，长廊外飘着微微的雨，落在红色的小花儿上，闪烁着银铃般的光芒。我和威廉走进小镇的博物馆，第一层的左侧是画廊，右侧是图书馆。我们为了保持神秘感不去探究小镇的名字，因而选择放弃参观博物馆。

公立画廊的空间非常大，空旷的场馆里陈设的画并不多，甚至比海边夕阳的小画廊还要少。或许这种空间留白，与绘画作品构成的整体美学，会给人一种超越绘画本身的震撼。

神秘小镇的公立画廊中有一幅女子的自画像，这幅自画像不同于凡·高的自画像，没有偏执与激烈的情绪，而是恬静与淡然的气息。女子穿着宽松的白色长袍，白皙的脸颊上两股绯红的苹果肌，好似粉粉的棉花糖，眼神自然而放松，红润的厚唇像熟透的樱桃，饱满而水嫩，微卷的褐色短发蓬松在耳边，把耳朵轻轻包裹住，左手的画夹舒展开来，右手举起，拿着画笔，隐匿在油绿色的帘幕中。

自画像的背景以黑色为主，但主体人物却是明亮而简洁的，微微仰起的下巴与慵懒的眼睛透出几分悠然，仿佛一切人事在她面前都是云淡风轻。女子并非不谙世事的小女孩，而是饱经沧桑依旧纯然超脱的文艺女子。这是一个充满故事的女子，背后浓稠的黑色背景仿佛是神秘而不可知的过往故事，而她漫不经心地凝视镜子中的自己，一笔一笔地画出自己的模样，仿佛在细数自己的回忆，把情结一缕一缕地涂在画板上，好似一本散落在书店角落的小说，无人惊扰，却独自熠熠生辉。我沉浸在幻想中，思绪变成水母，沉浮于深蓝的海底，时而发光，时而绽放，时而飘荡，享受这般空灵的遐想，渴求阳光洒下海面，穿入层层黑暗的洋流，直抵全身，闪烁出一颗一颗晶莹的光点，那是遥远的、梦中的故事。从小我就喜欢画画，喜欢用颜色诉说故事。对孩童而言，那些颜色一定是来自生命最初的萌动与诉说。

小时候，我比较调皮，喜欢在墙壁上画画，在凉席上画画，甚至还在自己的脸上画画，可能是因为我脑袋上有两到三个旋涡，再加上我是左撇子，总是沉醉在自己缔造的小世界之中，用绘画来编织属于自己小小的梦。小时候的绘画是对童话的向往，对美好故事的渴求，对内心欢喜的诉说。孩童不用大人教，就会在墙壁上绘画，画出没有人教的图案，画出内心最原始的形状，探知世界的奇妙与无穷。恍惚间，我仿佛回到小时候，在墙壁上自由自在绘画的时光，那种自由畅想的感觉，那种天然生成的热情，那种初心生发的快乐。长大后的自己，时而变成一艘船，漂在海洋之上乘风破浪，时而变成水母，沉入海底感受海洋的无边无际。观画，想象，再创作，在小时候就自然形成了爱好，仿佛也是我后来观望生活、阅历世事、再书写人生的方式，冥冥之中自有互通的灵性。

我驻足在女子的自画像前许久，思绪却变成水母游过了整个童年。威廉帮我与自画像拍了合影。因为这幅画像，整个画廊都充满了故事。油画的质感，总能与悠久遥远的故事相联结，这是我潜意识里的联结。在这些油画中，我沉醉于自己的幻想世界，怡然自得。最后我恋恋不舍地离开画廊。

威廉见我对画廊门口书架上的油画肖像贺卡十分欢

喜，于是他买下来送我。贺卡标价 3.5 英镑，油画风格的封面很精致，用轻薄的塑料纸包裹着。我凝视颜色绚丽浓厚的贺卡，舍不得拆开看，就索性不打开了，留它独特的神秘感。我小心翼翼地将油画肖像贺卡放进剑桥包，心里暖洋洋的。

那天，我和威廉在神秘小镇一直逛到夕阳西下才离开。这是一场说走就走的旅行，那些意料之外的美好，与童年的记忆发生联结。原来童年时埋下的种子，与未来的某一天、某一个人、某一段旅程邂逅之后，会开出曼妙的花朵。

2

在花城寻觅春光

很多人都觉得英国的冬天才最"英伦风"，大多都是因为圣诞节的缘故。很遗憾，英国的第一个圣诞节，我选择了去埃及旅行，就此错过。不过幸好我没有错过英国的春天。

英国的春天就像一个灰姑娘，在神秘小镇上苏醒，一步一步变成最美的公主。神秘小镇幻化为一座花城，万物复苏，鸟语花香。第一次和威廉去神秘小镇的时候，自始至终都不知道神秘小镇的名字，直到后来我与 R 先生乘火车去利明顿温泉镇，我才知道这就是之前我和威廉邂逅的小镇。原来神秘小镇的名字叫利明顿温泉镇，是女王曾经下榻的温泉小镇，所以又叫皇家利明顿温泉小镇。难怪第一次去的时候就觉得小镇的气质与众不同，有着贵族的古典与优雅。

威廉发来消息，称有心事，与感情有关。我提议一起坐双层巴士去神秘小镇晒太阳。于是，时隔一年，我和 R 先生一起陪同威廉去神秘小镇散心。

2015 年 3 月 17 日的午后，阳光灿烂像音符一般敲在我们的身上，清脆、酥软，有新叶与暖风的沙沙声。我们三人乘着蔚蓝色的双层巴士，前往利明顿小镇。

双层巴士的窗外春色盎然。威廉诉说着他感情的困惑，我和 R 先生一起开解他。车窗外的春光、絮语、风声像交替在耳边的起伏的琴声。此刻的阳光正好，明媚的春光能抹去威廉的忧愁。

我们在利明顿市中心下车，映入眼帘的是一个大花坛，与市中心的公园紧挨着。大片黄澄澄的花儿在阳光下娇艳欲滴。我们直奔市中心的公园，在青翠的草坪上散步，晒太阳，

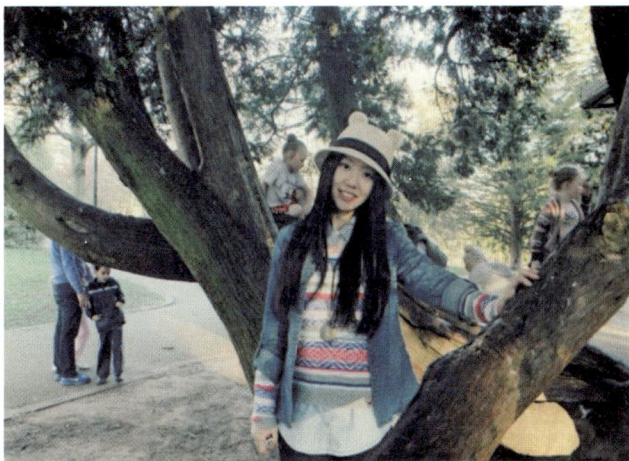

拍摄于2014年3月24日，英国利明顿

聆听植物的呼吸。绿油油的草坪，夹杂着泥土的芬芳，像毛茸茸的地毯，又像蓬松柔软的棉花糖。

英国的公园拥有大片开阔空旷的绿地，没有繁杂的商铺或娱乐设施，徒留一份纯粹的自然气息。参天大树恣意生长，鸽子自由飞翔，白云尽情迁徙，微风灵动穿梭，行人悠闲地晒着太阳。活泼的英国小男孩在草坪上奔跑撒欢，俏皮、可爱。我与R先生和威廉共同欣赏此刻的风景，内心清澈、安宁，心存善良、感恩。

我们踏着轻快的步子，随着阳光和白云流徙的方向，走过一座桥，看见一条河。那条河安静、粗犷，没有人烟，有着原生态的神秘感。河床不宽，河水也不深，却有着亚马孙河流的气场。我甚是好奇，带着R先生与威廉，来到河边。古怪嶙峋的树木张牙舞爪地伸展着，仿佛在倾诉什么古老的故事。枝干繁杂、清奇，有的伸向天空，有的落入水中。

下午三点的阳光，开始变得柔和。巨大的太阳轮廓，闪烁着金黄色的光芒。光点轻洒在河面上，微风拂过，河面荡漾起细腻的波纹，像提拉米苏蛋糕的小褶皱，色泽醇厚。

面对河边夕阳，我们彻底放空心灵，感受这份澄澈而简单的自然洗礼。我们仨默契地保持静默，徜徉在阳光与河水交织的灵动与空明之中。四周阒静，有清脆的鸟叫声与轻微的流水声。

美好的东西自然会净化心灵，激发体内的热情与能量。多与自然风景接触的人，也一定是简单而善良的。所以，那些生在风景如画之地的人们，是那么的淳朴可爱，无忧无虑。无论是高山、丘陵、草原，还是江河、森林、大海，都带给生命无与伦比的精神力量。

此刻威廉已不再纠结于感情问题。我们仨专心地欣赏当下的风景，谈话也都围绕河边风景展开。我们沿着河边一直走，周围没有人烟，只有我们三个人，仿佛承包了整条河与整片树林。夕阳愈加热烈饱满，我戴着小熊耳朵帽子，在河边的树林小道穿行，拾起地面的小树枝，在河边玩水。R先生和威廉纷纷把小石子扔向河面的夕阳倒影，夕阳仿佛在河里舞动起来，波光一层层散开，梦幻、清新。

这舞动的夕阳如水一般通透，震慑人心。清新的空气也变得微甜，柔暖。我们从河边走向大片草坪，迎着夕阳走去。夕阳像海水一般扑来，我仿佛融化在夕阳里，变成了一束光。

WO ZAI TIAN YA
DENG NI

我在天涯等你

伯明翰

1

从购物到设计

································

我曾犹豫过要不要书写"伯明翰"这座城市，因为它在英国众多城市当中显得最为平凡。但也正因它的平凡，与我的生活日常有着千丝万缕的联系。那些细细碎碎的小记忆、小美好并没有湮没在记忆的长河中。

伯明翰是我购物次数最多的城市。在英国那台陪伴我度过整段留学时光的钢琴，就是从伯明翰买回来的。这台钢琴不仅给我带来了收入，更丰富了我的留学生活，滋养了我的精神世界。

走出伯明翰的火车站，映入眼帘的便是两栋巨大的商业购物中心德本汉姆和塞尔福里奇。流线造型的斗牛场购物中心充满了未来感。热衷时尚与购物的年轻人慕名而来，琳琅满目的商品吸引了大量游客。我和朋友们时常来伯明翰购物，在精心挑选服饰的时候，我更看重服装的剪裁和设计。我喜欢别具一格的小众设计，在服饰设计之中感受艺术的美

刘爽彩铅手绘，伯明翰圣马丁教堂，创作于2017年4月24日

感与深层的内涵。那些独具设计感的服饰，就像艺术品一般，赋予心灵美好的想象。那些小众而意味深长的设计，好似森林中的萤火，夜空深处的冥想。

伯明翰的小街小巷里还隐藏着许多本土特色的小店，那些小店更具特色与个性。在这些五彩斑斓的小店里寻觅一件特别的衣物，就仿佛在芸芸众生之中寻觅知音一般。这些衣物穿在身上，会留存人的气息与故事，联结回忆的画面。穿旧的衣物亦有阅历的芬芳。

在众多服装品牌当中，我尤其钟爱 All Saints，这是英国本土颇有特色的服饰品牌，凝聚了中世纪街头的复古气质与放荡不羁的洒脱感。All Saints 的服装以做旧和不规则的裁剪，来表达年轻人的小众个性，材质舒适、设计简洁。

英国本土的服饰品 Hollister 相对更大众一些。很多人俗称它为"大雁牌"，因为它的标志像一只大雁。后来我在上海的大型商场也有遇见过。店铺里的香水味复古、雅致，装修风格颇具英伦风。

我最爱的英国服饰品牌还是 Alexander McQueen。精致、高贵、冷峻、古典，皆不足以描摹其天才设计。我曾在论文中，分析过其网站的交互性设计。那是一篇关于社交媒体互动性的学术论文。它的女王风格，能加持穿衣之人的强大气场。服饰与穿衣之人的气质相互呼应，亦是设计师与穿衣之人的心灵沟通。

2

伯明翰也很文艺

到了英国的圣诞月，我心里最惦记的是伯明翰的圣诞集市。一排排英伦风格的小屋沿着一千多米长的步行街整饬地铺展开来，古朴又充满童真。各式各样的糖果、坚果、啤酒、特色烤肠、"陀螺"形状的彩色巧克力泡芙，以及华丽绚烂的音乐盒等小饰品烘托出圣诞节的温馨氛围。

人们忙着购置圣诞摆件，在大街上捧着啤酒畅饮聊天，津津有味地品尝圣诞美食。小孩们欢喜雀跃地穿梭于圣诞集市之中。圣诞集市中的英国人放下了平日里的距离感，从矜持的绅士变成了活泼的孩童。

我和朋友买了一大盒巧克力泡芙，盒子里有二十枚，每一枚泡芙皆有苹果那么大，精致得令人舍不得吃。我轻轻咬一口，巧克力外壳脆脆地裂开，内里的鲜嫩奶油喷薄而出，宛若阿尔卑斯山上的积雪，令人沉醉。圣诞集市的尽头是伯明翰的维多利亚广场。圣诞节期间，美人鱼喷泉旁会临时放置一座旋转木马。夜里的圣诞集市更为曼妙，热气腾腾的美食与喧闹的人声将夜空点亮，暖色调的路灯散发出温暖的光芒，繁星一般的霓虹熠熠生辉。圣诞气氛氤氲的街道，暖暖的。

第一次与朋友来伯明翰的时候，我们在集市上偶遇了碳烤椰蓉球。内里的椰蓉香嫩饱满，口感酥脆。在那之后我再也没有吃过这么好吃的椰蓉球了。我们逛街逛累了，就在购物楼外的广场上休息。我坐在广场的长椅上，静静地凝望不远处的圣马丁教堂。飞鸟掠过教堂的塔尖，飞向蔚蓝的天空。塔尖伸向雪白的云朵，给人以力量和希望。

伯明翰的图书馆亦是绝佳的心灵栖息之地。我偶尔去图书馆寻觅英国的绘本和画册。在静谧文艺的图书馆待一下午，时间变慢，心也变得柔软。

伯明翰是我在英国的第二故乡，距离考文垂非常近，火车二十分钟就能到，所以我去伯明翰的次数非常多。伯明翰的火车站附近便是中国城，我经常去那里吃饭。中国城的对面是伯明翰的室内菜市场，菜市场里有各式各样的海鲜。勤奋的室友，曾在凌晨三点，从考文垂开车去伯明翰购买清晨最新鲜的海鲜。不爱早起的我，只好在考文垂市场淘一些面包蟹和蛤蜊了。

中国城附近有一条细长狭窄的小巷，走到尽头会看到一家川菜馆，空间不大，只能容下四张桌子，味道却很正宗。我经常光顾这家川菜馆，在这里曾遇到我的学长蔡司。他告诉我，刚来英国的时候，他在这家川菜馆打工，同时还兼职摄影师等工作。如今他已经在伯明翰创业成功，成了企业家。

我穿过伯明翰的维多利亚广场，沿着街道一直走，走到一处公园，林荫茂密处是一座小教堂，有闹中取静之感。白鸽散落在翠绿的草坪上，我静坐在木头长椅上，旁边的树木伸展至教堂，肃穆庄严的教堂闪烁着青灰色的微光，公园外围由哥特式的黑铁栏围住，神秘气氛氤氲。

公园不远处，一条 60 千米长的运河穿过伯明翰的市中心，这条运河曾是工业革命时期重要的工业交通命脉，如今只用于旅游与观光了。二战期间，伯明翰与考文垂同时沦落为轰炸区，维多利亚时代的建筑皆毁于一旦。如今我们看到的大多数建筑是后来重建的现代建筑，因此，伯明翰也成了英国最"丑陋"的城市，常被称为"混凝土森林"。这些关于伯明翰的历史，全部记录在一套纪念邮票里。我特意在邮局买下了这套关于伯明翰城市迁徙的邮票，赠予热爱集邮的舅舅。

无论是华丽的商场、灿烂的运河夜景，还是庄严的市政厅广场，皆展示出伯明翰的独特魅力。繁华之中，伯明翰也渗透着文艺气息。这座城市在我的英国留学生活里一直扮演着"支持者"的角色，在我心里是独一无二的存在。

爱丁堡

1

火车之旅
·················

不久前，我买了一本好朋友出版的新书——《坐上秋天的火车》。这本书的作者是英国伦敦大学的教授，同时也是著名的儿童文学作家怀存姐姐。我与怀存姐姐因共同热爱绘画与文学而结缘。

怀存姐姐的《坐上秋天的火车》这本书讲述了她美好童年的趣事。这书名不禁让我回想起 6 年前，我也曾坐上秋天的火车，从考文垂出发，一路向北，前往爱丁堡，途中路过格拉斯哥。那是我第一次去爱丁堡，第一次感受苏格兰秋天的壮丽美景。苏格兰的九月，梧桐已变成橘色，草坪却依旧翠绿。英国北部的风，清冽、强劲，悠扬的风笛声仿佛能传到很远的地方。虽然旅途时间短暂，但爱丁堡在我的英国留学记忆里却留下了惊鸿一瞥。

2013 年 9 月 15 日上午，我和朋友乘上前往格拉斯哥的火车，这辆火车开得格外缓慢，后来我们才发现，我们所乘的火车是前往爱丁堡行驶速度最慢的那一趟。一路上灿烂的阳光、开阔的农场、悠然的奶牛、金色的麦田、海豚状的云朵以及如油画一般的田园小镇，在窗外像电影一般精彩演绎着。

我与朋友一边欣赏窗外的风景一边聊天，从文学聊到艺术，再从艺术聊到宗教，窗外童话般的风景慢慢倒退，时间也跟着慢了下来。慢火车之旅的宁静与曼妙，契合了灵魂深处的向往，浪漫且意趣盎然。

午后的阳光下，古老的火车摇摇晃晃地前行，云朵慵懒地飘浮，我将手指在玻璃窗上敲打，好似在弹钢琴，指尖温热，此刻没有比欣赏车窗外稍纵即逝的风景更要紧的事了。我们到夜幕降临才抵达格拉斯哥。一场短暂的大雨之后，中秋的月亮露出笑容，夜色变得温柔靓丽。我坐在窗台前凝望，升起一缕乡思，怀念长江边滋养我长大的故土。这是我第一次在异国他乡过中秋节。

2

风车之屋

· · · · · · · · · · · · · · · · · ·

记忆最深刻的英国旅馆是风车之屋。我与朋友按照手机地图导航走了许久才找到风车之屋。这是一座藏匿在爱丁堡街巷深处的独栋大别墅，有闹中取静、别有洞天之感。风车之屋的外墙通体乳白色，在远处看起来就像一块雪白的乳酪蛋糕。屋里的装饰古典、温馨、梦幻。

风车之屋周围视野开阔，景色优美静谧，从树木深处可以看到远方的教堂穹顶。没有城市的喧嚣，只有郁郁葱葱的树木与鸟声。房子旁边的花园种满鲜花，充满诗意，有世外桃源之感。室内是英式浪漫格调，宽敞的客厅有两处落地玻璃窗、两处大飘窗，奶黄色的窗帘，深咖色的流苏装饰，好似巧克力镶边的荷叶边蛋糕。墨绿色的墙壁，透露着深邃的亚光，古铜色的大吊灯，橘色的站立式台灯，映照着柔软的米白色绒布沙发。

卧室里摆满了大大小小不同样式的泰迪熊。厨房是开放式的，阳光照进落地玻璃窗，灿烂、通透、梦幻得惹人遐想。冰箱上贴满了五颜六色的小纸条，是孩子写给家人的留言，类似"今天想吃芝士蛋糕"之类的美食心愿，还配上可爱的小漫画。阳光在小纸条上闪动，充盈了整个屋子，仿佛有银铃般的笑声。

管家爷爷端着木质的餐盘，邀请我们到客厅享用英式下午茶。餐盘里摆放着草莓、桑椹、橙子、曲奇饼干、英式奶茶、热巧克力。每个小餐盘下方垫着粉蓝方格条纹的棉布垫，田园气息扑面而来。我想象着，在阳光普照的开放式厨房，为心爱的人做一顿美味佳肴，感受温软的快乐。有时生活的美好就潜藏于温柔的细微之物。在城市生活久了的我们时常忘却了细节的美好，失去了感知幸福的敏锐度。我慢慢地享用英式下午茶，好好地欣赏这座美丽的房子，哪里也不想去，因为它真的太美了。

到了晚上，管家爷爷饶有兴趣地告诉我们，可以下楼去看或者趴在窗台上看他们带回来的澳洲鼹鼠。我被管家爷爷的热心所打动。听管家爷爷说，风车之屋的主人是网球运动员，获得过各种国际奖项，常年不在家里，所以把房子拿出几间出租。客厅里挂着一幅主人非常喜爱的中国画，是徐悲鸿的水墨画《马》。管家爷爷问我们画上的中文究竟写着什么。我们告诉他，是作者的名字以及作画的年份。这幅画若是真迹，一定价值不菲。没想到风车之屋的主人居然着迷中国画，审美品位颇高。

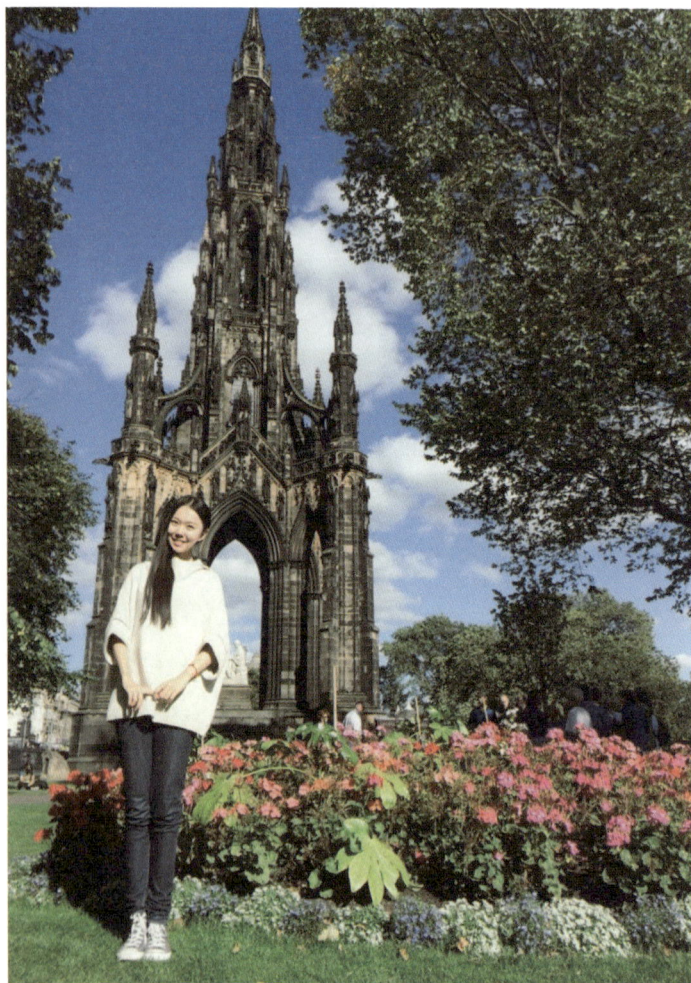

站在爱丁堡司各特塔前，感受电影《云图》中的场景。（拍摄于 2014 年 9 月 1 日，英国爱丁堡）

3

艺术之城
···················

　　前往爱丁堡之前,我对爱丁堡的向往,大多源于《哈利·波特》与《云图》。

　　《云图》电影里,工程师与作曲家相遇的地方,正是著名的司各特纪念塔。这座深邃而恢宏的维多利亚哥特式建筑,带着深邃的深咖色斑点,巍然屹立在王子街上。质地黝黑而坚硬的塔砖,雕琢着时光的古朴轨迹,留下岁月的斑驳光影。

　　细长而精致的塔尖,有着J.K.罗琳笔下《哈利·波特》的魔法气质,在夕阳下,愈加奇幻。司各特纪念塔是为诗人司各特而修建。塔在蓝天白云的映照下渗透出蓬勃的英气,塔前的鲜花也优雅得诗意起来。

　　我和朋友第二次拜访爱丁堡时,沿着狭窄细长的螺旋阶梯,登上塔尖的观景台,俯瞰爱丁堡的市中心风貌,从近处的王子街花园到远处的亚瑟王座,景色壮丽,气势恢宏。阳光洒在塔上,落在我们身上,暖洋洋的,仿佛置身于哈利·波

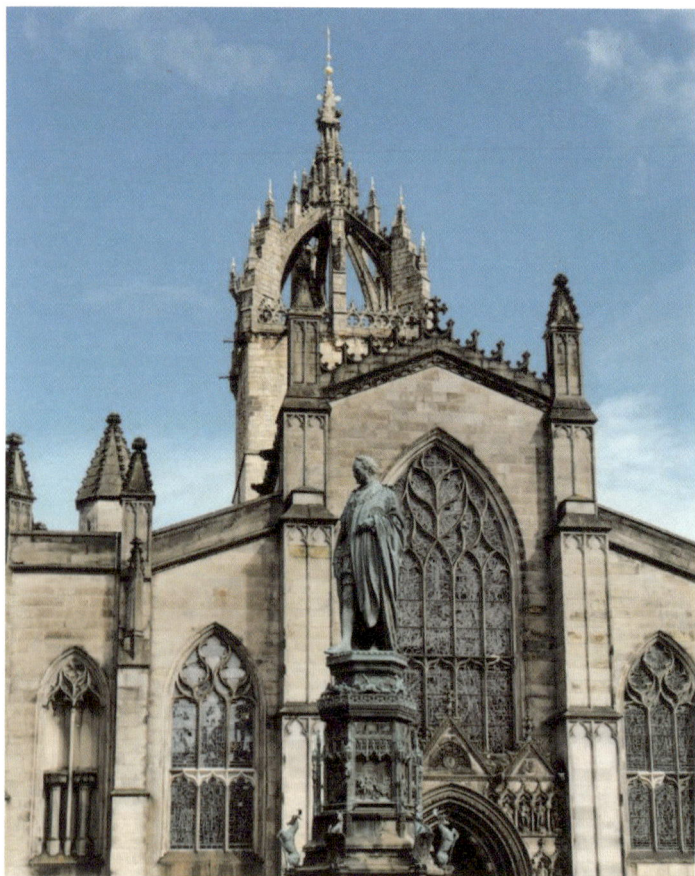

拍摄于2019年8月28日，英国爱丁堡圣贾尔斯教堂

拍摄于2014年9月1日，英国爱丁堡司各特纪念塔上

特的魔法学校。

如果伦敦是一位深谋远虑的政客，那么爱丁堡就是一位优雅沉静的艺术家。爱丁堡作为苏格兰的首府，吸引了无数艺术家慕名而来。我带着敬畏之心走进爱丁堡王子街旁的苏格兰国家美术馆，这座绮丽的美术馆拥有150年的历史，收藏了文艺复兴时期到19世纪末凡·高、莫奈、提香等伟大艺术家的作品。

众多绮丽的油画作品中，印象最深刻的是凡·高的油画。厚重的油彩，铿锵有力的笔触，伸展着生命的张力，令人内心震动。我曾经在初中的美术课上第一次听闻凡·高的传奇故事，倍感好奇，十年之后我在爱丁堡的美术馆里看到凡·高的真迹，心中热血澎湃。苏格兰国家美术馆就像一个艺术品大宝藏，红色墙壁上悬挂的每一幅油画背后都有着一个传奇的故事。

美术馆外的王子街热闹非凡，不少街头艺人在表演节目，乐队、风笛、舞蹈，应有尽有。整条街就是一个移动的舞台，流浪艺人可以自由地发挥。那些身穿苏格兰格子裙的街头艺人会站在街角，或沿着街道边走边吹奏风笛，随时能将路过的旅人带回中古世纪的时光里。苏格兰的风笛悠扬婉转，穿越人群，直抵心灵，令人恍然间超脱于纷繁的世俗，获得一片短暂的静谧天地。

周杰伦的歌《明明就》里唱道："远方传来风笛，我只在意有你的消息。城堡为爱守着秘密，而我为你守着回忆。"《明明就》的 MV 取景地正是爱丁堡。热衷于英伦文化的周杰伦是我最喜爱的歌手，他曼妙婉转的编曲，与方文山细腻优美的歌词完美结合，让人心中升腾起一种情愫，想要奔赴他歌曲里的地方。如今，我来到这个地方，不经意间在他站过的地方也拍了一张相同角度的照片。

我们顺着王子街一直走，然后七拐八拐，路过"大象咖啡馆"。大象咖啡馆因《哈利·波特》的作者 J.K. 罗琳而名扬千里。咖啡馆小巧精致，排队的人很多，我和朋友并没有进去，只是驻足在门口，合影留念。透过玻璃窗，我看到咖啡馆墙壁上贴着关于哈利·波特的贴画和图案，想象 J.K. 罗琳曾在这里创作文字的情景。J.K. 罗琳曾说，《哈利·波特》的魔法学校正是以爱丁堡建筑为原型而设计构想的。她的家乡爱丁堡，正是激发她创作《哈利·波特》的灵感源头。J.K. 罗琳当初在大象咖啡馆写作《哈利·波特》时，这里还极为普通，如今名声大噪。大象咖啡馆为哈利·波特的粉丝们提供了一个寄托情怀的绝佳场所。因文字而熠熠生辉的咖啡馆，令人着迷。

走进咖啡馆，坐下来，慢慢地品一杯咖啡，与好友聊天，然后捧一本书，悠然冥思，或像 J.K. 罗琳一样，在咖啡馆写作，让灵感徜徉。陈奕迅在《好久不见》的歌曲里唱着："你

拍摄于2014年9月2日，英国爱丁堡大象咖啡馆

会不会忽然的出现，在街角的咖啡馆，我会带着笑脸，回首寒暄，和你坐着聊聊天。我多么想和你见一面，看看你最近改变，不再去说从前，只是寒暄。对你说一句，只是一句，好久不见。"爱丁堡的咖啡馆亦如歌曲所表达的意象，承载着与邂逅、相遇、爱情有关的故事。

周杰伦早年写过一首歌，叫《咖啡店》，道出了男孩对女孩的思念。如果你寻觅到了心爱的人，就带她或他来爱丁堡的咖啡馆，如果你还没有寻觅到心爱的人，那就独自来爱丁堡的咖啡馆吧，或许一场美丽的邂逅正在咖啡馆等着你。

无论是美术馆，还是咖啡馆，在文学艺术的氤氲下，都让爱丁堡处处散发出中古世纪的神秘感。这座城市的恢宏气质，正如罗伯特·彭斯的诗歌一般，充满了阳刚与大爱。

4

在中古世纪的街道淘古董

爱丁堡最有特色的街道当属皇家英里大道。皇家英里大道作为爱丁堡老城的中心街道，连接了爱丁堡城堡与荷里路德宫。 由圆石铺成的皇家英里大道在阳光的照耀下像亚光色泽的巧克力块。老街旁的建筑古朴雄壮,充满了历史气息。这里遍地是售卖羊毛制品的服饰店以及各具特色的咖啡馆,每次来爱丁堡我都会逛上两三遍。

时隔五年,我回到心心念念的爱丁堡,走过当年走过的路。

我走过乔治四世桥街的交叉路口,来到皇家英里的高街。高街是爱丁堡的市中心,也是最繁华的商业地带。古典的石板路让人想到周杰伦《以父之名》中的意境,"微凉的晨露,沾湿黑礼服,石板路有雾,父在低诉"。街头有魔术师在表演,

拍摄于2014年9月5日,英国爱丁堡

拍摄于2014年9月5日，古董店淘到的宝贝

就在圣贾尔斯教堂旁，围观的人很多，热闹非凡。圣贾尔斯教堂，这座始建于12世纪初的大教堂在夜色里会发出橘色的光芒，彩绘玻璃上悦动的光泽，像闪烁的星空。第三次去爱丁堡时，我与家人就住在教堂对面的公寓。

我和朋友在皇家英里大道散步，在转弯处邂逅一家很特别的小店，这家小店专门售卖化石做成的首饰。我们不约而同地被小店里稀奇古怪的首饰所吸引。一枚橙色的昆虫琥珀吊坠深深地吸引了我。首饰店的老板告诉我，这枚琥珀项链吊坠由化石所制，有着五百万年的历史。化石内里包裹着一只小昆虫，深邃的橙色，令人沉醉。琥珀化石吊坠的商标牌上手写着一行小字，"50 million years old from Poland"。这枚橙色的琥珀竟是从波兰漂洋过海来到苏格兰。我毫不犹豫地买下了这枚吊坠，打算好好收藏。

翌日，雨天，我和朋友撑着伞走在爱丁堡的街巷里，搜索着旧货店。天气并没有削弱我们"淘古董"的兴致。我们在拐角处寻觅到一家藏品丰富的旧货店。我和朋友一起淘到了18世纪的古董花瓶、印度铜罐、维多利亚时期的纯木酒壶，以及20世纪50年代的古董打字机。古董花瓶和铜罐上的花纹十分精致细腻，让人心生爱意。

内心对古董的热爱正如对时光的眷念，那些留下岁月痕迹的小物品，是时间的纪念品，承载着我们的故事与回忆。

5

卡尔顿山
··················

卡尔顿山是一座位于爱丁堡新城东部的小山丘，海拔约171米，是饱览爱丁堡城市风光的绝佳之地，是宁静且优雅的眺望台。

我踏上一条长长的台阶，几枚橘黄色的树叶落下，一步一步登顶，站在高处眺望风景，心情惬意。

卡尔顿山离皇家英里大道并不远，从市中心步行几分钟就到。这里闹中取静，别有洞天，令人心往神驰。卡尔顿山上的标志性建筑是尼尔森纪念塔。这座塔是为了纪念英国著名的海军名将霍伊蒂奥·尼尔森。1805年，尼尔森率领的英国舰队成功阻止了拿破仑征服大不列颠的脚步，让拿破仑与西班牙的联合舰队未能跨越英吉利海峡。但在特拉法加战役中，尼尔森勋爵壮烈牺牲。纪念塔后面的浅青色圆顶建筑是小清新风格的天文台，周杰伦曾在此拍摄过《明明就》歌曲的ＭＶ。作为周杰伦的忠实歌迷，我也与天文台合影留念。

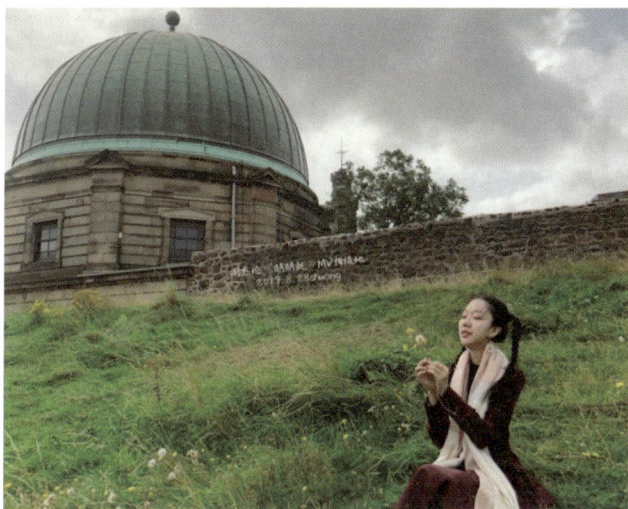

拍摄于2019年9月，第四次拜访英国爱丁堡卡尔顿山

第三次去爱丁堡，我与父母站在卡尔顿山的山顶，环顾、眺望。一道巨大的彩虹悬挂在天幕中。彩虹之下的景象千变万化，令人目眩神迷。倘若只是全神贯注于某一个方向的风景，又会心神不宁，忍不住想看到更多的风景。教堂的彩绘玻璃闪烁着微光，路灯旁红彤彤的电话亭格外耀眼，令人目不暇接。悠扬的钟声响起，彩虹的光芒散落在高低错落的房子上，飞鸟掠过屋顶，旅人披着微光前行。我眼前的这一切，相映成趣，像一幅美好的画卷，深情缱绻。

卡尔顿山上最引人注目的建筑是杜格尔德·斯图尔特纪

念亭。斯图尔特是苏格兰著名哲学家，生前在爱丁堡大学任教，他去世后，皇家爱丁堡学会为他建了这个希腊复兴样式的纪念亭。

夕阳下的纪念亭，在远处城市风景的映衬下变得愈加梦幻，从纪念亭朝远处望过去，思绪悠然飘向远方。纪念亭就像一位老者，低声絮语，诉说着关于爱丁堡的浪漫，而卡尔顿山就像一个默默的守护者，屹立在爱丁堡新城的东面。夕阳下的卡尔顿山，如戴上了金色的面纱，变得温柔起来。

6

亚瑟王座

如果用一个词来形容爱丁堡的自然风光，那么"野性"再适合不过了。爱丁堡的骨子里藏着一股坚韧而挺拔的力量，正如冷峻威严的亚瑟王座，气势磅礴。

2014 年的秋天，第二次来爱丁堡旅行的时候，我与朋友来到了荷里路德公园。这里视野开阔，大片碧绿的草坪一望无际，不远处是连绵起伏的山丘，亚瑟王座映入眼帘。亚瑟王座是爱丁堡荷里路德公园的一座山峰，爬上去只需一小时左右，虽然海拔不高，却拥有 3.5 亿年的高龄！

我和朋友一边欣赏苏格兰粗犷而野性的山地风景，一边悠然地爬山。这里的风景非常原生态，没有任何商业化的痕迹，甚至连一条人工建造的登山路也没有，纯粹的自然与野性。亚瑟王座的腹地是大片金黄色的野草，随风摇曳，像凡·高笔下浓烈奔放的麦田一般，生机蓬勃，又散发出清冽的空旷感。我特别热爱原生态的风景，这分明就是我心心念念的诗与远方。

空灵的与世隔绝的风景，与斯旺西的断崖有着异曲同工之处。苍劲有力的野草与我齐高，我向野草深处奔跑，任由清风从耳边呼啸而过，鞋子与野草摩擦发出的"沙沙"声像歌声一般。晴天时候能见度更高了，可以清晰看到远处的风景，我眼前的画面正如长镜头拍摄的文艺电影，充满了荒野冒险的神秘感，以及强烈的视觉冲击感。

在这里徒步，我们可以暂时告别城市的喧嚣，与大自然融为一体。向来喜水不喜山的我，却真的很喜欢亚瑟王座。山峰中部较为平缓，但靠近顶部的断崖却格外陡峭，登顶前一段狭窄的山路，我近乎是双手双脚趴在地上前行。山上的风，格外猛烈，发丝在空中飞舞。

我们爬到亚瑟王座的山顶，俯瞰整个爱丁堡，再慢悠悠地下山，这是一趟心灵之旅。电影《One Day》曾在这里取景。野性的风景也蕴含着文艺的气息。亚瑟王座就像城市中一片与世隔绝的天地，清澈、宁静。无论是站在司各特纪念塔，还是卡尔顿山上，我都能眺望到气势非凡的亚瑟王座。

这座火山之所以命名为亚瑟王座，是因为它与亚瑟王有着同样至高无上的地位。亚瑟王是英格兰传说中的国王，圆桌骑士团的首领。罗马帝国瓦解之后，他率领着圆桌骑士团，统一了不列颠群岛，被后人尊称为亚瑟王。由此可见，这座火山在苏格兰有着多么崇高的地位。12世纪的时候，亚瑟王座就和荷里路德公园成为苏格兰皇室的狩猎花园。这座火

拍摄于2019年9月7日，爱丁堡亚瑟王座

山的形态也酷似一座守护爱丁堡的狮子。亚瑟王座的西面是坚硬的玄武岩峭壁，东面是平缓的斜坡，中间曾被冰川刺入，深深地凹陷。沧海桑田，火山口已经隐匿在漫漫时光里。

在山上能够一览爱丁堡全景，城市和灯火宛如碎金一般。淡淡的月色，从亚瑟王座上方缓缓升起，慢慢晕开，滴落在教堂塔尖，滴落在纪念碑，滴落在树梢，滴落在深邃的夜里。

7

"无人岛"

在英国的第二年，我和朋友在苏格兰旅行网站上发现了一座位于爱丁堡北部福斯湾的古老海岛。这座小岛荒无人烟，只有一座拥有千年历史的修道院——因奇科姆修道院。网上一篇报道称，苏格兰某公司每两年就会为这座小岛招聘一位经理，管理岛屿，也就是"岛主"。岛主每年只需上岛居住8个月，就能获得年薪2万英镑的收入。1123年，戴维一世国王的兄弟曾在福斯湾偶遇风暴时避难于此岛，随后戴维一世国王在岛上修建了因奇科姆修道院。这座修道院是英国现存最好的神秘建筑群之一。

我和朋友乘船前往海岛的路上，内心振奋，好似一股神秘的气氛从海岛飘来。我们的游船路过闻名世界的钢铁桥——福斯铁路桥。福斯铁路桥是世界上第一座铁路桥，从1890年至今仍在通行火车，拥有百多年历史，是桥梁设计和建筑史上的一个里程碑。

罗伯特·路易斯·史蒂文森在《爱丁堡笔记》写道："恶劣的气候为苏格兰语言赋予了丰富的词汇，也在很大程度上塑造了其诗歌的气质。"苏格兰的这座"无人小岛"正如史

拍摄于2014年9月5日，因奇科姆岛

蒂文森所说,气候非常原生态,时常受到狂风巨浪的光顾。

　　岛上随处可见散落的海鸥羽毛,有的湿漉漉的,被海水或雨水打湿;有的被太阳晒干,羽毛凝结在一起;有的刚从海鸥身上飘落下,干净柔顺。我仔细观察那些羽毛,拾起几枚完好无损的,打算带回家自制羽毛书签。我最后选择带回家的四枚羽毛皆为渐变色,由中心的象牙白过渡到边沿的复古灰,其中一枚较小的羽毛还有波浪状的纹路,好似被海浪浸过留下的痕迹。

　　一千年的古老修道院散发着悠远而神秘的气息。几只灰蓝色的海豹躺在离小岛不远的岩石上,静静地等待阳光,时不时还懒洋洋地翻下身子,神态慵懒迷离。

　　天空灰蒙蒙的,阳光时而娇羞闪现。修道院前的大片草坪在阳光的流徙中时而深绿时而浅绿,变幻着颜色。修道院的石墙,光影斑驳,古老的石砖,也随着阳光的浓淡而深浅变化。若是大晴天,因奇科姆岛在热烈通透的阳光下会更加迷人。每年有很多新人在海岛上的修道院举办婚礼。这古老的修道院仿佛蕴藏了不少神秘又浪漫的爱情故事。

　　我深深地迷恋这古老石砖砌成的修道院,我用彩铅在素描本上描摹出它的轮廓和颜色。好朋友骞说,我画的修道院是温馨的,不同于德国画家卡斯帕·大卫·弗里德里希的画。但我与弗里德里希有着同样的情怀,喜欢寄情于自然。

刘爽彩铅手绘，因奇科姆岛

　　海岛上的信号并不好，时常连接不到网络，也无法通电话，但正因如此，时间才可以真正慢下来。暂时告别城市的繁华与喧嚣，获得短暂的宁静。在阳光下，我们可以与海鸥、海豹做伴，享受一场日光浴。

　　四年之后的我，在上海和武汉，先后从事了四年编剧工作，每天身处高楼大厦和繁华都市之中的我，无比怀念这座岛屿的悠然与空灵。

如果我应聘了这份"岛主"的工作，我会怎样生活，怎样去度过这些时光？这应是一场特别的修行。我会每天画画，弹琴，摄影，录制一些视频，发布到网上，每天记录岛屿上的美好瞬间，分享岛屿上一年四季的变化。又或许，我难以承受这份孤独，我会想念家人，想念滚滚红尘。

8

烟花
·········

第二次拜访爱丁堡这座古老的城市，正逢我研究生第三学期即将结束。我内心有着不一样的感觉，经历了一年多的学习与生活，我对过去与未来也有了更加清晰的思考。我愈加珍惜这段单纯的学生时光。

那天晚上爱丁堡举办了国际艺术节的开幕式，我和朋友一起在王子街看烟花。王子街上挤满了人，各种形状的烟花随着艺术节开幕式的音乐绽放。音乐烟花秀大约持续了一个小时。

我看到烟花迅速绽放又消逝，心中升腾起一股难以言喻的缱绻流连与微妙冥想。我仿佛透过烟花穿越到遥远的过去，又穿越到无限的未来，而当下的感觉亦无穷地蔓延，深入到灵魂内核。

我看到从童年的故乡到异国的旅途，以及告别学生时代之后的生活。当我工作疲倦，生活艰难，前途迷茫时，我是否会想起这一抹尽情绽放的烟花，开得淋漓尽致、美不胜收，我是否能忘却烦恼，感知美好瞬间即为永恒的空灵心境。

爱丁堡的烟花，转瞬即逝，终究无法停留，但它的精神力量，能给予我一份温柔的留恋、一份清澈的灵感、一份隐忍的意志、一份不屈的态度，去体验职场的纷繁，去撞击生活的桎梏，去阅览人生的多面。

爱丁堡艺术节的音乐停止了，烟花在天幕逐渐消散，但我心里的烟花并没有湮灭。人生如烟花，每一次绽放都要用尽全力，把无常与瞬间当作人生的每一次挑战。

回国之后，我曾一度怀念在爱丁堡的日子，或许正是那份放慢的时光，没有任何烦恼，也没有任何焦虑，才最让人怀念。我向往幽静而自由的时光，向往纯粹而悠然的田园生活，向往与大自然为伴，面朝湖泊、草坪与树木的诗意生活。如果有时光机，我希望永远活在爱丁堡的时光里。

WO ZAI TIAN YA
DENG NI

我在天涯等你

斯旺西

1

诗与远方
——罗西里湾

Do not go gentle into that good night,

Old age should burn and rave at close of day;

Rage, rage against the dying of the light.

Though wise men at their end know dark is right,

Because their words had forked no lightning they

Do not go gentle into that good night.

Good men, the last wave by, crying how bright

Their frail deeds might have danced in a green bay,

Rage, rage against the dying of the light.

Wild men who caught and sang the sun in flight,

And learn, too late, they grieved it on its way,

Do not go gentle into that good night.

Grave men, near death, who see with blinding
sight
Blind eyes could blaze like meteors and be gay,
Rage, rage against the dying of the light.

And you, my father, there on the sad height,
Curse, bless me now with your fierce tears, I pray.
Do not go gentle into that good night.
Rage, rage against the dying of the light.

不要温顺地走进那良夜，
老年应当在日暮时燃烧咆哮；
怒斥，怒斥光明的消逝。
智者在临终的时候对黑暗妥协，
是因为他们的语言已黯然失色，
也并不温和地走进那个良夜。

善良的人，当最后一浪过去，高呼他们脆弱的善行
可能曾会多么光辉地在绿色的海湾里舞蹈，

怒斥，怒斥光明的消逝。

狂暴的人抓住并歌唱过翱翔的太阳，

懂得，但为时太晚，他们使太阳在途中悲伤，

也并不温和地走进那个良夜。

严肃的人，接近死亡，用炫目的视觉看出

失明的眼睛可以像流星一样闪耀欢欣，

怒斥，怒斥光明的消逝。

您啊，我的父亲，在那悲哀的高处，

现在用您的热泪诅咒我，祝福我吧，我求您

不要温和地走进那个良夜。

怒斥，怒斥光明的消逝。

（海岸　译）

　　狄兰·托马斯的诗歌在我耳边回荡。这首写给濒死父亲的诗歌，淋漓尽致地展现了诗人的悲愤与不舍。诺兰在《星际穿越》里也用了这首诗，令人震撼。这位出生于斯旺西的天才诗人，就像斯旺西的海岸与断崖一样，神秘、悠远、深情。

　　斯旺西不仅有浪漫绮丽的海滨风光，还有童话般的乡村

田园，大片大片的海滩，草坪，断崖，起起伏伏的海潮声。跟相爱的人隐居在这个美丽的诗意的地方，一起看海边的日出日落，一起讲述彼此的童年趣事，一起生儿育女，一起慢慢变老，直到生命最后一刻。

斯旺西被人们称为"十个能挽救爱情的地方"，同时也是威尔士最快乐的城市。它的罗西里海湾被评选为全英最美的海湾。罗西里海湾是威尔士南部高尔半岛最西南端的一个梦幻海滩。

在我心目中，它就是全英国最美的海滩，后来我去了侏罗纪海岸，但这些丝毫不影响斯旺西在我心里独一无二的重要位置。这座城市正如它的名字一般诗意，"Swansea"又寓意为"天鹅海"。

斯旺西与中国诗人北岛也有着曼妙的缘分。朦胧诗人北岛是第一个来到斯旺西的中国人。1995年的冬天，诗人北岛应邀到威尔士首府加迪朗诵现代诗，他的第一个听众是一个小女孩，喜欢中国文学，邀请北岛去斯旺西旅行。几天后，北岛来到斯旺西。

其实，在斯旺西，喜欢诗歌的人非常多，所以大家也称斯旺西为"诗歌海"（Poem sea）。斯旺西与我家乡宜昌颇为相似，皆是文人抒发情怀的诗歌之城。斯旺西因狄兰·托马斯而熠熠生辉，而我的家乡宜昌因屈原而闪闪发光。

在斯旺西过情人节是格外浪漫的。情人节那天，人们会举办诗歌朗诵会，为心爱的人朗诵一首情诗，温柔缱绻，情谊深长。充满诗意的文艺者，在旅馆、山丘、海边、车站牌以及教堂的围墙上涂鸦。旅者随处能读到关于爱情与生命的诗歌或名言。这些涂鸦被斯旺西的文化部门收集起来，出版了一本特别的诗集《Poem sea》。这本只在咖啡馆、旅馆和书店出售的诗歌集，成为斯旺西独一无二的纪念品。若有一天，我有机会带未来的灵魂伴侣去斯旺西，我想买下这本诗集送给他。

第一次去斯旺西已是五月，虽已是春末，但仍然有些冷。我穿着毛衣、卫衣，戴着毛线帽子和围巾，全副武装，等到太阳出来时，清爽的阳光铺在海边断崖的草坪上，仿佛羽毛一般扇动着翅膀，繁星一般的小黄花随风微微颤动、闪烁。

站立于断崖的高处，俯瞰整个罗西里海湾，宽阔的沙滩，壮丽的海岸线，以及湛蓝清澈的海水，雪白的浪花像奶油蛋糕的纹理一层一层卷来。海天交界处是一条朦胧的水蓝色丝带，若隐若现，海天浑然一体，宛若巨大的蓝宝石包裹着翠绿的山崖。

罗西里湾的海边山崖绵延至大海深处，尽头好似一座天然的人面狮身像，面朝夕阳，仿佛在守护着罗西里海湾。我们沿着海边断崖小径一直走，旁边是象牙白的木头栅栏，四周花草葱郁，海边的断崖高地较为平坦，好似海边的小型高

刘爽彩铅手绘，斯旺西，创作于2017年4月16日

原，但靠近海水的地方，断崖的切面近乎垂直地伸入海水中。此番景象我只在欧美影视剧中看到过，如今亲眼见到如此大气磅礴的海边断崖，内心澎湃，每一口呼吸都怀着对大自然和宇宙的敬畏。

海边的山上散落着毛茸茸的绵羊，悠闲地吃着草，晒着太阳，偶尔抬头望向蓝天碧海。它们比生活在繁忙大城市的人们更幸福、自在。山上的青草，色泽靓丽，翠翠的绿，摩

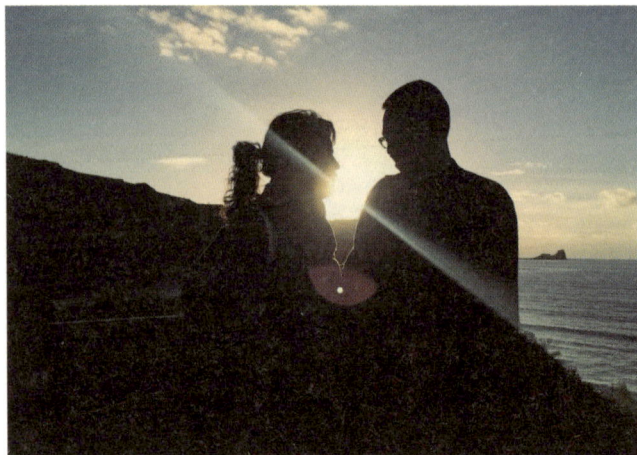

拍摄于2014年11月，斯旺西罗西里海湾，父母的剪影

擦出风的声音，轻轻踩下去，柔软而有弹性，好像被深深吸引住，令人情不自禁地想在草地上散步，抑或是坐下、躺着，眺望大海，凝望天空，慢慢地自己也变成一棵草。

宏伟的自然风景令人欣喜与感恩。罗西里断崖的壮阔难以用相机捕捉，仿佛那就是世界尽头，哪怕是广角镜头也会减损它的壮美，或许这就是摄影的局限性，虽然能够记录，却不能尽善尽美。大自然的鬼斧神工，宇宙赐予的模样，在眼前绽放着，伸展着，静默着，呼吸着。

我来到《天国的阶梯》里才有的浪漫海滩，仿佛这是为情侣们量身定制的爱情伊甸园。在这里，我每一口呼吸仿佛都有恋爱的味道。如果有一天，我遇到了那个相伴一生的灵魂伴侣，我会带他来斯旺西，会带他看斯旺西的日落，会带他走在斯旺西的沙滩上，看潮起潮落，听海浪与海鸥的声音。

我沿着海岸线走着，在与亿万年形成的地貌奇观进行心灵对话。此刻，海风拂面，聆听宇宙的呼吸声，没有了城市的喧嚣，没有了历史的局限，仿佛暂时告别了人类社会。而我此刻与那海鸥，与那礁石，与那海水，与那天空并无二致。

我和朋友在罗西里海湾待了一下午，夕阳西下之时依依不舍地离开。斯旺西海湾的海滩沿着海岸公路绵延，砂质细腻柔软，但沙滩上的行人并不多，也许是因为斯旺西本身就是一座人烟稀少的城市。

海岸沿线有人骑着自行车，也有人跑步，还有人悠闲地遛着狗。斯旺西海湾是世界上潮差最大的地方之一，大约有10米的潮差。我与朋友就住在斯旺西的海边旅馆，那是海边的一排彩色房子，沿着海岸整饬排列。躺在床上就能看到窗棂中明信片一般剪切工整的海景。

我们回到海边的旅馆，那是地中海风格的房子，室内布置简洁清新，飘窗处设有观海的桌椅，玻璃桌上放置了花瓶与装饰花作为点缀。飘窗的视角正好将斯旺西海湾的海景框在视野里，仿佛一个巨大的相机镜头。

躺在床上就能观赏到海浪起起伏伏的画面，色调是钻蓝色，云很浅，像拉长的麦芽糖，天空深处好似刷过很多次的调色板，油画的质感，厚厚的，充满了神秘的气氛。坐在窗边，靠着椅背，看着天色一点一点变暗，海天浑然一体，呈灰蓝色，但能见度依然高，即便到了夜里，也能分辨出海浪汹涌的模样与云层迁徙的轨迹。

就这样坐着，时间变得很慢，无须复杂的思索，只是凝视着远方，海与天，偶尔有一到两个行人出现在画面里。这就像一面幕布，故事简单，没有太多人物，也没有太多情节。我们只是作为观望者，静静地看着，放空抑或是更加缥缈地幻想，一些游离在世俗之外的东西，类似漫漫宇宙之外的遥远星球，或是浩瀚时空流逝的记忆。我一直这样坐着，享受着安静与哲思，靠近神性。那些世俗的事情暂时隐匿了。这一刻的静谧时分，被无限放大，放大到，只能用眼睛、身心去感受此刻的呼吸，与眼前的这片海，这片天空。

有那么一刻，感觉此刻才是生命中稀有而珍贵的瞬间。因为大多数时刻，我们被城市的琐事占据着，被社会阶段性的框架禁锢着，被许多约定俗成的思维镶嵌着，被各式各样的条例体制化。我们遗忘了生命的本真。

我们随波逐流，却忘记了初衷，忘记了生命纯粹的质地。

斯旺西这片神奇的土地，神奇的海滩，神奇的断崖，让我感受到了婴儿般的纯粹和宇宙自然的原始力量，让我闻到了儿时的纯真味道，让我听到了新生生命的心跳与呼吸声。

2

可爱的人与红房子

　　第二次去斯旺西，我和父母从考文垂坐火车到斯旺西火车站后，在斯旺西公交站坐 119 路巴士前往罗西里海湾，大约 40 分钟的时间，我们抵达目的地。

　　罗西里的断崖一如既往的宏伟壮丽，这般纯天然的景色让人震撼。罗西里海湾是值得我去两次的地方。太阳渐渐落向大海，夕阳将钴蓝色的海面染成了金色，一片晶莹闪烁，如梦似幻。

　　我和父母顺着通往海边的小径从罗西里海湾断崖的侧面平缓处下山，来到罗西里海湾的沙滩，此刻宽阔的沙滩已被汹涌的潮水吞没了大半。我和父母一直沿着罗西里海湾的沙滩走了很久才抵达远处的兰根尼斯小镇。中途，当潮水彻底淹没罗西里沙滩时，我和父母不得不踩着巨大的礁石疾步前行。

　　父亲一直催促我快些走，担心海水向我们扑来，那一刻，我内心还是有一丝小不安的，虽然景致美得似天堂，但我还是更珍惜自己的生命，已经顾不得欣赏夕阳洒下最后璀璨的余晖，只顾着埋头注视脚底下的礁石，担心自己被礁石绊倒。

旁边用铁丝网拦住的陡坡让我突然有一丝恐惧，我们无处可走，只能一路向前。海水不断吞噬沙滩，我们踩着礁石，拼命向前奔跑。终于在天色从灰蓝色变成墨黑色之前，我们走到了罗西里海湾的出口处。心中的不安和顾虑瞬间释放。

抵达兰根尼斯小镇后，我开始寻找预订的旅馆，那是斯旺西当地的民宿，一座红房子。

我以为预定的民宿就在附近了，但走了许久，还没有抵达目的地，眼看天色暗沉，小镇上的路灯发出橘色的光芒。路上人烟稀少，很少看到行人。

正当我心里忐忑，看到不远处的屋里有一位英国老爷爷正在厨房准备晚餐，窗户开着，正朝向我这边。我上前，凑在窗户边问路。

老爷爷一看，立马放下手中的活儿，开车送我们去旅馆。老爷爷载着我和爸爸妈妈，大约开了 15 分钟左右，我们才抵达目的地。如果我们自己走到红房子，要走 40 分钟到 1 小时。我和父母都非常感激这位老爷爷。我当时真想跟老爷爷合影一张。老爷爷跟民宿老板很熟，他们热聊起来。我没好意思打扰他们，就直接带父母入住了房间。

红房子的墙壁皆涂成了红色，而室内的装潢更是色彩斑斓。最令人兴奋的是卫生间的马桶，被主人刷成了彩虹色。

老板是一位头发染成红色的中年女子，五官精致姣好，身材曼妙，气质阳光。女老板和她的丈夫、两个女儿和一个儿子，还有七只不同品种的狗狗共同住在这座漂亮的红色大别墅里。一家人特别温馨和睦，其乐融融。

我和父母住在红房子的最顶层，天花板是斜坡式的屋顶结构，窗户朝向海边的山丘。老板告诉我，天气好的时候会看到山丘那边的日出。我们在红房子入住的这几天都是阴天，不过在变天之前，我已经带爸爸妈妈领略了晴天时分的罗西里海湾，所以也不觉得遗憾。

第二天清晨，红房子女老板的丈夫为我们做早餐。他是一位性格温和的绅士，为我们准备了煎蛋、面包、黄油、牛奶、果汁、油煎火腿肠和香菇。早餐甚是丰盛。我特别中意红房子的餐厅。五彩斑斓的餐具，彩绘茶壶，复古的壁橱，巴洛克式的吊灯，墨绿色印花的墙纸，以及花纹明媚的台灯。一切布置都充满了童话的气息。

早餐之后，我和父母在兰根尼斯小镇转悠。这是一个非常古朴且安静的小镇，即便是白天，路上行人也是稀少的。偶尔看到农场主"遛马"，一行棕色和白色的小马缓缓地从古老的修道院前走过。

拍摄于2014年11月7日，英国斯旺西

　　我和父母步行数公里，找到一家西餐厅。我们在古朴的餐厅里享用英式午餐，炸鱼、薯条、意面、披萨、英式红茶。父亲的肠胃不太适应西餐，吃得比较少。幸好母亲从国内带来许多便携式热干面。早餐和晚餐，我们都在红房子里用开水泡热干面吃。尽管，兰根尼斯小镇的餐厅不多，但依然不影响我们对兰根尼斯小镇的喜爱。

　　我们走出红房子，往相反的方向行走，来到兰根尼斯的海滩。空旷宁静的海滩，空无一人，只有我和爸爸妈妈。我面向海边的山丘大喊一声，还有回音。11月的海风格外凛冽，我们被海风吹得团团转，好似要盘旋起飞。

下午两点，我们就从海边走回来了。接着斯旺西开始下雨，一直阴雨绵绵到第四天。我们乘公交车离开兰根尼斯小镇。公交车的司机非常友善，我们换乘的时候，雨下得特别大，司机为了不让我们淋雨，特意让我们在车里等待，此时车上只有我们3个人了。直到换乘的公交抵达车站，司机才让我们下车换下一辆公交。

我们换乘公交之后，沿着海岸公路，一路直达斯旺西的市中心海滩。海滩宽阔平整。天气时而下雨，时而放晴。一道巨大的双彩虹，从地平线升起，另一端落在海平线上。我第一次见到如此壮阔的双彩虹，好似巨大的七色极光拔地而起，照耀整片天空。天空清透水灵，海面朦胧悸动，沙滩沉实坦荡。

我和父母走在沙滩上，欣赏这道巨大的彩虹。云和水汽在空中流徙得很快，彩虹也跟着移动。我和妈妈试图去追逐彩虹的轨迹，便往沙滩深处走去，越来越靠近海面。父亲呼唤我和母亲往回走。已是下午时分，父亲担心涨潮，就像那天在罗西里海湾的沙滩，险些被潮汐淹没。母亲沉着前行，时而回头对父亲笑笑，而我走在他们两人之间，我们彼此大概皆隔了数米远。我在沙滩上写下六个大字："带父母走世界。"

此刻，斯旺西的沙滩绵延至数十个足球场那么大，潮水还未涨起，彩虹好似一条宇宙之桥，连接天地。面朝大海，

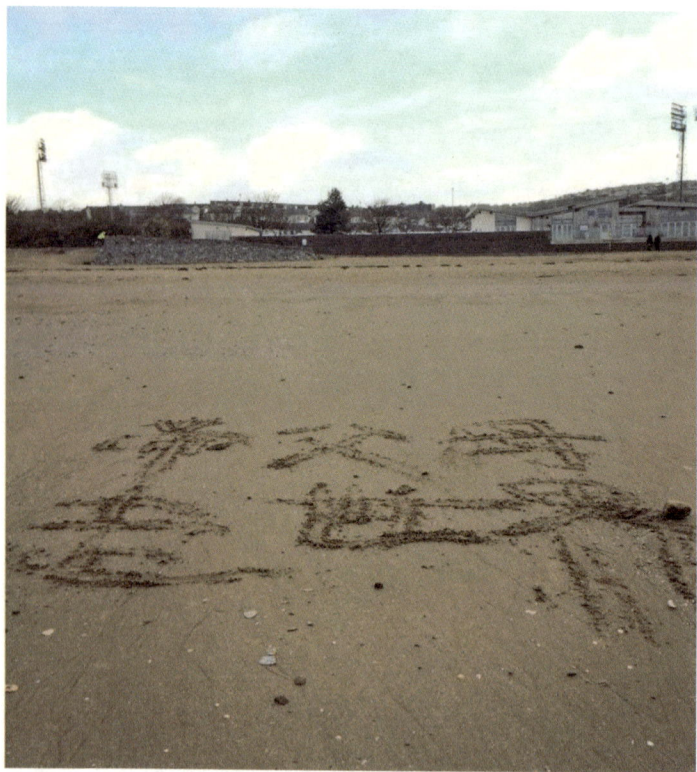

我在沙滩写下"带父母走世界"。（拍摄于2014年11月11日，英国斯旺西，红房子餐厅）

有天地阔任我行的超然。雨水洗净尘世的繁杂，让人明心见性。这片沙滩是我离开斯旺西之前的最后画面，下次再见不知是何时。一晃五年过去，这片沙滩，罗西里的断崖，兰根尼斯的红房子，始终是流逝的时光里不曾泯灭的微光，仿佛在我后来的日子里默默地凝望我、慰藉我、滋养我，成为永恒。

心灯

——写给斯旺西的诗

断崖与海水相望，在天地的永恒中

穿越风沙，镌刻史诗

千万层岩壁被岁月的刀锋割出千万层褶皱

而他的脊背依然苍翠坚挺

幽绿的眸子深深地坠入海的中心

在一片冰蓝色的碎光里

在沧海桑田的故事里

缱绻缠绵

如痴如醉

永不停息的潮起潮落

是她歇斯底里的情绪

是她切肤眷恋的尘世

是她层层结痂又蜕变的心

在他日日夜夜的凝视中

高歌绝唱

置地铿锵

金黄色的野花不断生长

是一道天桥

连接着断臂悬崖与碧海蓝天

阳光的根

扎入大地、空气与水中

拍摄于2014年5月31日

包容彼此

行走于绝壁与沙滩之上

泥土凹陷的脚印

久久搁浅

而须臾之际

细沙被浪潮抚平

徒留一滩灰凉的湿地

惘然

黑夜中海水升起星月之辉

断崖上的野花随风摇曳，闪着微光

孤独的旅者燃起一盏心灯

在海与崖，天与地之间

燃烧，照耀

消融，升华

写于斯旺西旅途中，2014 年 5 月 31 日，英国斯旺西，凌晨一点二十七

布莱顿

1

最梦幻的城市

....

"终于来到英国阳光最多的城市。每一次旅行可能都是唯一的一次，错过不再来。人生短暂，青春只是昙花一现，抓紧时间。"2014年9月16日凌晨我在微信朋友圈写下这句话。

布莱顿正如它的名字一般，一年四季都充满了阳光，它是英国日照最多的城市。雪白色的鹅卵石海滩，吸引了来自全世界不同国家的旅人，他们有的穿着比基尼，有的半裸或全裸着身子进行日光浴。慵懒的旅人，像一片片雪白的海绵，躺在暖和的鹅卵石上，晒着太阳，吹着海风，感受布莱顿的热烈阳光。

我和小伙伴一起盘坐在鹅卵石海滩上，海边的摩天轮就在我斜后方缓缓旋转着。海鸥在流徙的阳光间穿梭飞翔。我将一枚温热的鹅卵石，扔向大海，活泼的蓝色海浪迅速将鹅卵石包裹。气氛格外悠闲、恬静，让我想起一首歌《你看到的我是蓝色的》。同行的小伙伴用手机为我录制小视频。视

布莱顿海边的纯白摩天轮。（拍摄于 2014 年 9 月 18 日，英国布莱顿鹅卵石海滩）

频里，我将鹅卵石扔进大海。温暖的镜头，与视频音乐完美结合，是布莱顿之旅的美好留念。

我喜欢在这微微发烫的鹅卵石沙滩上晒太阳，看海鸥时而飞翔，时而栖息，回头便能看到缓慢旋转的摩天轮。那摩天轮在蔚蓝天空中歌唱着青春与烂漫。无忧无虑的时光，内心澄明，没有烦恼，没有浓烈的情绪，仿佛自己变成透明的风，变成温暖的阳光，变成蓝色的大海。清澈的心态，澄明的旅行，弥足珍贵。我会一直保持学生时代的纯粹、勇敢、热情和朝气。

我在布莱顿的海边沙滩，偶遇一处色彩明媚的木门。(拍摄于 2014 年 9 月 16 日)

　　布莱顿的鹅卵石沙滩，为年轻的情侣们提供了最佳的约会场所，情侣们不仅可以躺在鹅卵石沙滩上享受海边的日光浴，还可以一起坐在摩天轮里眺望大海。一切美好的事物，与大海联结在一起，皆变得愈加曼妙迷人。布莱顿最浪漫的莫过于海边的旋转木马，它满足了人们对大海、游乐场和童话世界的美好想象。

　　海边的旋转木马，多么浪漫的意象，我不禁想把这意象编成一个浪漫的故事。这也许是一个年轻男子为心爱的姑娘创造的求婚场景，也可能是一个温暖的父亲为了圆孩子的生日心愿而精心准备的礼物。

我对旋转木马的喜爱，源自一部韩剧《天国的阶梯》。剧中的男主是一家游乐园的继承人，男主小时候经常陪女主在游乐园坐旋转木马。男主长大之后，旋转木马成了男主和女主固定约会的地方。这是一部极其动人的爱情偶像剧。我最喜欢看有旋转木马的桥段，那是故事里最温馨的部分。

鹅卵石沙滩、摩天轮、旋转木马、飞翔的海鸥，这些意象就像是布莱顿的符号，为所有来到布莱顿的人们缔造了一方童话天地。阳光与海浪齐舞的布莱顿，用周杰伦的一首歌《阳光宅男》来描摹，分外契合。

布莱顿的阳光与爱丁堡的阳光不同，布莱顿的阳光里携带着一股热带岛屿的火辣劲儿，而爱丁堡的阳光是高冷且复古的。布莱顿的夏天，晚上 9 点，天空仍然流徙着云彩和阳光。因为日照时间长，布莱顿的水果格外香甜。

我走了很远的路，寻觅到一家本地超市，买了一串红提，颗粒饱满且红润。我回到宾馆，靠着飘窗坐着，一边欣赏海景，一边吃着红提。这是我吃过的最甜的红提，在这之后我再也没有吃过比布莱顿更好吃的红提了。

除了美味的水果，布莱顿的海鲜也格外出名，尤其是百年老店摄政餐厅。我和小伙伴慕名而来，点了大龙虾以及海鲜大拼盘。这是我在英国吃得最开心的一次海鲜大餐。这家店我来过两次，第一次点错了菜，点了店里最难吃的油炸薯片，第二次才点了最具特色的海鲜大餐。同行的朋友笑道，我总能在第一次点餐时，点到最难吃的那盘菜，也是挺厉害的。

申请英国读研的学校时，我曾一度想来布莱顿读书，但后来考虑到专业需求，选择了考文垂大学。去往不同的城市会有不同的际遇，但无论如何我终究不会错过这座美丽梦幻的城市——布莱顿。

海鸥在大海与旋转木马之间徘徊，阳光落在肩头暖洋洋的，我也变成了海鸥。（拍摄于 2014 年 9 月 18 日，英国布莱顿海滩）

2

美丽的遗憾
·····················

　　2014 年 9 月 17 日凌晨四点半，我叫醒同行的朋友，出门去看海上日出。 我一夜未眠，心中一直盘旋着即将看到海上日出时的激动，生怕睡过头错过了。

　　布莱顿的早晚温差很大，凌晨四点的海风清冷、凛冽。我裹着厚厚的毛线披肩和朋友走在海边的街道上，世界万籁俱寂，气氛变得神秘又梦幻。天空依旧是一片深邃的蓝。路灯像萤火虫一般在海边闪烁着，街上没有其他人。我捧着相机，等待日出。海风迅疾地吻过我的耳朵，披肩，朝身后呼啸而去。心中的期待热腾腾的。

　　小学的时候我曾学过一篇课文《海上日出》，从那时起，我的内心就萌生了观看海上日出的愿望。在长江边长大的我从来没有看过海上日出，仿佛这是一件梦幻而遥远的事。

　　我们大约等了一个半小时，才发现弄错了方位，太阳根本不从海面升起。我心里顿时感到失落。我这一整夜的兴奋与热血澎湃的等待竟然等来的是一场空，实在是令人哭笑不得。我和朋友沿着海岸线一路走回宾馆，天色也从蓝色渐渐变成了橙色。虽然一夜未眠，没有看到日出，但我和朋友见到了布莱顿海边清晨时的模样，无人的街道，整饬而明亮的橘色路灯，蕴藏着无数浪漫故事的靛蓝色大海。

人生很多事情都像是等一场海上日出，也许日出没看到，但能看到其他的风景，而那些其他的风景或许才是真正的人生。

布莱顿的夕阳亦令人内心震动。五彩斑斓的云彩，在天空中流徙、散开、收拢、翻滚、聚合，像油画颜料泼在了水里，变幻着形状。那些蓝色、红色、橙色、黄色的云彩，分明又不是云彩，而是一个又一个神秘的故事，缥缈的过去，遥远的未来，抑或是稍纵即逝的当下。千万颗冰晶般波光粼粼的大海就在我的身旁，像一个活泼的小孩，充满了能量，又像一个温柔的老者，充满了智慧。无数海鸥在夕阳下盘旋、跳跃，俯身亲吻海浪。

我想将这些美好的画面拍下来，却发现单反相机居然没有安装电池。遗憾顿时像石头一样沉入海底。我没有抓住那些美丽的风景。只好自我安慰：那些画面早已留在了我的记忆中，与想象交融在一起，与我的潜意识一同潜入梦的深处。

我会永远记得海边的旋转木马，会记得那些遗憾，更会记得那些美好。

斯沃尼奇

——侏罗纪海岸

1

想靠近海

································

我从小就向往大海，仿佛大海就是诗与远方，是浩瀚无际的宇宙，是心心念念的梦境。当我翻过一座又一座山，山的那边一定有海，那片海就是我闪耀的梦想。我一直在寻觅各种不同的海，从斯旺西、直布罗陀、布莱顿再到侏罗纪海岸。只要有海的地方，就一定有童话般的风景。我像孩子一般，憧憬着向往着海。

我打开英国的地图，沿着海岸线查看，从西边的利物浦，到西南边的斯旺西，再到南边的布莱顿，最后到南部的英吉利海峡。从东德埃克斯茅斯奥科姆岩石群一直延伸到东多塞特斯沃尼奇老哈里巨石，总长 153 千米。这条古老的海岸线 2001 年选入了联合国教科文组织世界遗产，它就是著名的侏罗纪海岸线。

我每次旅行之前，总会通过文学或摄影作品产生对一个地方的向往，但这次不同，这一次，我只是将鼠标拖曳至英国的英吉利海峡，点击了一下海岸的部分，恰好点中侏罗纪海岸。或许这是冥冥之中的缘分，地图指引着我，去那个地方看看。

蔡健雅有一首歌《很靠近海》，这首歌的旋律和歌词都恰如其分地表达了我与侏罗纪海岸的微妙缘分。

听见天晴，听见黑暗

听见人潮中有你

我跟着你气息，就分外安心

我没有翅膀，却觉得能飞行

那些梦想，沿着指尖，舞成一篇协奏曲

这默契像奇迹，若有谁在牵引

我逆光前进，却再也不恐惧

因为你我靠近海，因为你我懂得爱

迎面你笑声传来，我感觉一阵温暖

看不见眼前的海，看不见阳光灿烂

迎面有海风吹来，我心里一片蔚蓝

那些梦想，沿着指尖，舞成一篇协奏曲

这默契像奇迹，若有谁在牵引

2

海边的彩色房子

··

斯沃尼奇的海湾像一条彩色的月牙，海边坐落着一排排可爱的彩色房子。彩虹般的木头房子面朝大海，背靠着小山丘，不禁让我想起海子的诗《面朝大海，春暖花开》。

从明天起，做一个幸福的人

喂马，劈柴，周游世界

从明天起，关心粮食和蔬菜

我有一所房子，面朝大海，春暖花开

从明天起，和每一个亲人通信

告诉他们我的幸福

那幸福的闪电告诉我的

我将告诉每一个人

给每一条河每一座山取一个温暖的名字

陌生人，我也为你祝福

愿你有一个灿烂的前程

愿你有情人终成眷属

愿你在尘世获得幸福

我只愿面朝大海，春暖花开

用这首诗来形容斯沃尼奇的海滨生活再合适不过了。我在斯沃尼奇的海滨街道上遇见一对悠闲惬意的英国老人，他们手牵着手，赤脚在沙滩上散步，好似这初春的海水已经暖了起来。

斯沃尼奇海边的彩色房子。（拍摄于 2014 年 9 月 27 日，英国侏罗纪海岸）

斯沃尼奇的海滨风景。（拍摄于 2014 年 9 月 27 日，英国侏罗纪海岸斯沃尼奇）

　　我沿着海边的彩色房子一直走，海浪被风一层层卷起，细长的海带和水藻被海水涌上海岸，一股咸咸的味道扑面而来。我深深地呼吸，感受大自然的味道，仿佛城市的喧嚣都离我远去，生活的烦恼也抛到九霄云外了。

　　我走进一家餐厅，在海边吃起了海鲜，黄昏的暖阳洒在海面上，泛起碎光，船只被碎光包裹着，熠熠生辉。

　　我将一些小虾放在空盘里，吸引来一群灰白色的海鸥，它们争相抢食，热闹非凡。海鸥落在餐桌上，吃着盘里剩下的小虾，它们扑打着翅膀，露出潇洒不羁的神态，令人歆羡。

这些潇洒的海鸥，在静谧温婉的海域自由翱翔，悠闲生活，就像斯沃尼奇小镇的居民们一样，怡然自得。

在斯沃尼奇的码头，看着来往的船只，阳光清澈，海水幽蓝，笑容也会很甜。（拍摄于 2014 年 9 月 28 日，英国侏罗纪海岸斯沃尼奇）

3

在侏罗纪海岸徒步

....

英国是一个坐落在大西洋上的岛国，有着绵长而壮美的海岸线。这些经过大自然雕琢的海岸线，大气磅礴，是徒步爱好者的天堂。

斯沃尼奇小镇就坐落在侏罗纪海岸边。侏罗纪海岸由三叠纪、侏罗纪和白垩纪的悬崖组成。这次我只去了白垩纪的那一段海岸线，其中最有名的是"老哈里巨石"。"老哈里巨石"由白垩岩构成，白垩岩为非晶质石灰岩，由红藻类化石固结而成。

我走在海边断崖小路上，尽头绵延至海天交界处，两旁是郁郁葱葱的草坪，还有金黄色的野草和野花，绮丽曼妙。蓝天白云，空气清新，海风徐徐吹来，令人心旷神怡。

海边断崖小路的尽头是古老的白垩崖、海蚀柱和石拱门，这些承载了史前历史痕迹的"大自然的古董"，绮丽壮阔，震撼人心。尘世的繁杂在古老悠久的历史自然面前变得无比渺

刘爽彩铅手绘《侏罗纪海岸》

　　我去过全世界很多海岸与断崖，但侏罗纪海岸一直是我梦中最眷恋的地方。（拍摄于 2014 年 9 月 28 日，英国侏罗纪海岸）

小。有那么一刻，我幻想自己是长在海边断崖上的一朵花儿，或者飞翔于侏罗纪海岸的一只海鸥，自由自在，无忧无虑。

　　侏罗纪的海边断崖与斯旺西是不同的，它没有斯旺西断崖的决然与凛冽，却有着先知老者般的深邃与温婉。白垩断崖安静地屹立在海边，只有我和朋友二人，再无其他旅人。这里与世隔绝，能与亿年前的大自然对话。

　　未被人类开发的自然景观，像宇宙本来的模样，让我们跳出人类历史阶段的局限性，感知大自然的原始力量。那是一种原始的意志与纯粹的心念，令人豁然开朗。

拍摄于2014年9月28日，英国侏罗纪海岸斯沃尼斯

拍摄于2014年9月27日，英国侏罗纪海岸斯沃尼奇

2亿年前，这些壮丽的海边断崖，曾经是海底河床，随着时间的推移和地壳板块的运动，海底的河床逐渐高耸露出海面，变成礁石与峭壁，而一些海底动物的化石也随着断崖露出了水面，其中就有鱼龙的骨架，在1811年被著名的古生物学家玛丽·安宁发现。玛丽·安宁出生的海边小镇就在多塞特郡的侏罗纪海岸，整个小镇皆由亿年前的海底河床形成。玛丽从小就喜欢去海边淘化石，并将化石卖给游客赚取生活费。这不禁让我想起爱丁堡的一家化石首饰商店。那是名副其实的"宝藏商店"，店里有各种各样化石制成的首饰，颇有创意。

那些经过千万年、亿万年形成的化石，戴在脖子上、手上，散发出神秘的历史气息，仿佛自己能跟随这些化石穿越古今，想象那个还没有人类出生的大自然，是何等神秘！大自然的魅力能洗涤世俗生活的尘埃，让内心变得更加宽广圆融。

我在侏罗纪的海滩上拾起几枚漂亮的贝壳，收集起来放进包里。张悦然曾写过一本书《誓鸟》，书中的女主也喜欢收集贝壳。女主每天聆听贝壳的声音，仿佛贝壳能告诉她过去的故事。我想起童年时期，母亲送了我一枚大海螺，每当我把海螺放在耳朵边，就能听到大海的声音，那是波涛汹涌的浪潮声，心灵为之震撼。从那时起，我对大海就充满了无限向往。在我心中，大海是神秘的，而海边的石崖更令人敬畏。

　　断崖小路旁的木质路牌上写着艺术字体的英文。我顺着路牌的指示方向望去，不远处是大片英国特色的古朴农庄，奶牛、绵羊、木头房子，点缀在一望无际的草地上，好似一幅暖色调的田园油画。如果说斯旺西是诗意的存在，那么侏罗纪斯沃尼奇就是上帝留下的鸿篇史诗。2014 年 9 月 29 日凌晨，我听着侏罗纪海岸的浪潮声渐渐入眠。

拍摄于2014年9月28日，英国侏罗纪海岸斯沃尼奇

4

第一次看海上日出

我住的酒店面朝大海，背靠青山。从飘窗望出去是海天一色的画面。海面飘来层层薄雾，整个海湾犹如仙境般梦幻。蓝眼睛般的海水一层层扑在沙滩上，绵长的海浪线条，像海边古老房子的墙壁上留下的痕迹，充满了童话色彩。我曾经在语文课本上看到一幅漫画，画中年轻夫妻抱着婴儿，面朝大海看日出。相爱的人彼此依偎，一起怀抱爱的结晶，在海上日出的那一刻，描摹出最幸福的景象。

我在布莱顿旅行的时候，弄错了方位而未能看到海上日出，这次在侏罗纪海岸，我特意观察了太阳落山的方位，并笃定第二天能看到海上日出。我靠近飘窗坐下，静静聆听海潮翻涌的声音，海鸥嬉戏的声音，以及海风呼啸的声音。

凌晨三点，天空由纯黑变为深蓝，天边有微光逐渐显露。我裹上毛衣外套，从酒店的阳台直接下楼梯穿过露台，直奔沙滩。我看到海天交接处的微光逐渐泛白，金色的光芒一点一点地绽放，一道金光照耀在海平线，红色的太阳探了出来。我心中热血澎湃，儿时无数次幻想过的场景在此刻发生了。

太阳从海平面升起，我与太阳、大海、天地，逐渐融为一体。一股博大宽阔的力量油然升起。我听到来自地球的呼吸与跳动，感受到宇宙的浩瀚与壮丽，没有烦恼，没有忧愁，没有人类的局限性，只有前所未有的身心愉悦，空灵且快乐。海风清凉，吹走日常生活的局限与枷锁，吹走人类渺小的欲望与得失。灵魂仿佛长上了翅膀，像海鸥一样自由翱翔在蓝色的大海之上，沐浴鲜嫩的阳光，简单纯粹。

寻觅一只发光的羊驼

1

神秘的来信

六月的雨淅淅沥沥地下着，夹杂着潮湿的泥土味道。考研室的天花板同窗外的乌云一般沉重低垂，书桌上的考研资料厚厚一摞，放眼望去，整个考研室黑压压的一片。我望着窗外灰蒙蒙的天空发呆，隐约能窥见操场上正在散步聊天的大一新生们。他们是天马行空、畅想未来的可爱灵魂。曾经，我也是这般天真无畏。我低头，打开手机，没有任何人给我发消息，心中有几分失落寂寥。手机屏幕上显示的时间，沉默着，不经意就会发生变化。

突然，一个陌生电话打来。原来，是我的快递到学校门口了。我长叹一口气，起身离开座位。终于有理由可以暂时摆脱考研自习室了。我从主教学楼到校门口的路上，一直在思索，快递来的东西是何物？我不记得最近是否在网上买过东西。

一份纸质文件递到我的手中。我迫不及待地拆开外包装纸。原来是一封信。什么人会给我写信呢？记得上次收到贴邮票的信还是高中的时候。我打开信封，掉出一张照片。照片的主体是一只发光的金色羊驼，远处还散落着几只颜色不一的羊驼，地面是翠绿的草坪，背景看起来是在牧场拍摄的。信封里还有一张信纸，折成飞机的形状。我把信纸铺开，仔细看上面写的字。

冰晶：

　　我被囚禁了，现在急需你的帮忙。

　　只有你可以救我。

　　希望你尽快抵达英国。

　　你只需去英国中部的一个牧场，找到照片中的这只羊驼，我就能获救。

　　切记，你只能通过学生签证，去考文垂大学找到一个叫斯蒂芬的人。其他的线索只能靠你自己了。

　　你必须按照以上要求去执行，否则不仅是我，你也会被囚禁，后果不堪设想。

　　　　　　　　　　　　被囚禁的人

　　我脑袋一阵眩晕，又纳闷又好奇。心想，这该不会是一个骗子吧？谁这么无聊，用这种方式捉弄我？但仔细想想，又觉得恐怖。这个人是谁？为什么知道我的笔名？这个人，是男生还是女生？跟我是什么关系？这个人为什么要我救？他囚禁在哪里？他为什么要我去英国？他又怎么知道我有去英国的打算？写这封信的人，难道就是那个被囚禁的人吗？那这封信究竟是如何邮寄到我手上的？这些都不得而知。

说不定，这个人根本不存在，也有可能，只是虚拟的人罢了！我把信和照片放进信封，回到考研自习室。我心想，这一定是一个无聊的人在捉弄我！但他为什么知道我的笔名呢？我刚出版了自己的第一本随笔《一枚蓝色冰晶》，其中大部分书籍都被大一大二的学弟学妹们买走了。那些读者都知道我的笔名叫冰晶。或许，这只是一个小读者跟我开了一个玩笑罢了。

于是，我翻开考研英语试题，认真做了起来。做完一篇英语阅读，正好是一篇讲述英国城市的文章，里面提到伦敦、伯明翰、考文垂……

"coventry"？这个单词发音好熟悉，貌似前不久做雅思听力题目的时候也听到过。我用手机查了一下这个单词。"考文垂，第二次世界大战中是英国军需工业中心，在二战中城镇破坏严重，战后重建，市区建有战争纪念公园，成为一座古老而又现代化的城市。"这不就是信里提到的那个城市吗？我心里抽动了一下，再次打开信封，反复看了几遍信上的内容，以及那张羊驼照片。

刘爽彩铅手绘《英国拉格比羊驼》

仿佛是冥冥之中的天意，我内心按捺不住对出国留学的憧憬与向往。我已不大想去追究这封信的真实性。那个被囚禁的神秘人，只是刚好戳中了我的心思，挑逗起我的心念。我深吸一口气，收拾好桌子上的考研资料，疾步走回寝室，收拾行李，准备离开学校，回家。

大四下学期，已经没有课程。大家有的去公司实习，有的在考研自习室准备国内考研或国考。而我决定出国读研。

起初我并不相信那封信的真实性，但当我在雅思听力题中再一次听到"Coventry"这个单词时，一种莫名的感觉吸引着我，让我感到兴奋又不安。若信中所言是真实的，那我也会被"囚禁"吗？若是我按照信里的指示去做，找到那只发光的羊驼，又会发生什么呢？我的生活会变得更好吗？我感到迷茫。

最后我因为那封信，选择了考文垂大学，传媒专业——传播、文化与多媒体。拿到入学通知之后，我开始筹划在考文垂的住宿，以及生活方面的准备。

我在豆瓣小组上发布了关于召集考文垂大学硕士伙伴的话题，遇到一个叫 R 先生的网友，他已经申请到考文垂大学的汽车设计专业。我们一起商量，住哪家公寓比较好，最后选择了离学校和考文垂教堂最近的修道院学校公寓。

我问 R 先生，为什么要选择去考文垂大学读书？这位来自中央美术学院的大一学生告诉我，央美的老师建议他去国外学习汽车设计。据了解，R 先生从小就热爱绘画，对汽车尤其着迷，从小的梦想就是成为一名汽车设计师。所以 R 先生是为了自己的梦想才选择考文垂大学。R 先生的出现，让我心里踏实了许多。仿佛自己并不是在做梦。那封信也莫名地增加了一丝真实性。

学校公寓已订好，机票也已订好，我即将踏上去英国的求学之旅，但没有人知道，我还带着另一个奇怪的任务，那就是"寻觅一只发光的羊驼"。

2

拉格比的童话风景

·······························

　　盛夏的阳光穿过圣米迦勒大教堂的镂空墙壁，爬在古老的木头长椅上，阒静而安详。高大沧桑的砖红色石柱怀念着二战前气势恢宏的彩绘玻璃。教堂的钟声悠扬又活泼，伴随着棉花糖般的大片云朵流徙于湛蓝的天境。

　　我走出修道院公寓，左拐，大块青石铺成的路上一尘不染，阳光洒在石块上发出笑盈盈的光亮。我捧着多媒体文化的书，右前方红砖墙壁上"圣米迦勒和恶魔"的青铜像投来庄严的目光，小松鼠拨弄着翠绿的草叶，大枚梧桐叶绿光雀跃，一片葱郁磅礴的景象。

　　"Hello，嘿！"突然一只手在我眼前晃动。

　　我转头一看，一个男孩从我对面走来，与我险些擦肩而过。他扎着小辫子，额头甚是好看，身高大约 186 厘米。

　　我迟疑片刻，疑惑问："你是 R 先生吗？"

　　"你确定？"男孩露出阳光一般清澈的笑容。

"独一无二的发型，应该不会有错！"我肯定道。

"爽爽，下课之后中心二楼等我，一起吃饭！"男孩自信地留下一句话，潇洒地往相反方向走了。

眼看上课时间快到了，我快步向教室走去。至于那封信，我也夹在书里，一起带到教室里了。第一节课，一个身材高大的英国男教师，为我们介绍三个学期的课程安排。据说他是我们专业的系主任。当我听到他介绍自己的名字的时候，心里猛地一下抽紧。

这个高大的英国教师在白板上写下自己的名字。

"斯蒂芬"，这不会是信里提到的那个老师吧？

我们学校居然真的有一个教师叫斯蒂芬，而且刚好就是我们专业的教师。我打开书，拿出信，再次确认，将信里"斯蒂芬"的拼写与白板上的名字拼写进行比对。没错，拼写完全一样，我忍不住想立刻问他这封信和这张照片的事。不过我又想，不能全部告诉他，万一，有什么阴谋在其中，自己会更危险。我决定，只拿信封里的"羊驼"照片去试探一下。

下课之后，我拿羊驼照片去请教斯蒂芬。我问他，在哪里可以看到照片里的羊驼。他说，英国很多地方都可以看到，比如考文垂附近的拉格比牧场。

斯蒂芬很和蔼，他看起来根本不了解那封信。我也没有多问其他问题。直觉告诉我，他给我的信息是真实可靠的。

我用手机查了一下，在考文垂附近除了拉格比有羊驼牧场之外，谢菲尔德也有羊驼牧场，还有苏塞克斯的羊驼公园。不知道这张照片里的羊驼来自哪一个牧场。我再次打开信，仔细阅读了那几个字"你只需去英国中部的一个牧场"。如此，苏塞克斯可以排除掉，因为信里强调是"英国中部"，而苏塞克斯在英国南部海岸，离布莱顿也不远。我思索着，仿佛有了一些头绪。

我来到中心二楼，犹豫着要不要跟 R 先生分享那封信的内容。不过，我决定还是暂时不告诉他。R 先生在我左边坐下，吃着英式晚餐，一边切着烤肠一边跟我介绍考文垂大学的汽车设计专业。

拍摄于2014年3月25日，英国拉格比羊驼牧场

我心不在焉地听着，左手拿筷子的我不小心碰到了他。

"不好意思，我是左撇子。"

"我也是左撇子。"他左手握勺舀了几颗豆子说道。

R 先生是一个自由随性的人，眉宇间还透露着几分桀骜不驯。

他笑容清澈，谈吐真诚。我想他是最适合陪我去寻找羊驼的人。

"你可以陪我去一个地方吗？"

"哪里？"

"拉格比！"

周六的午后，我和 R 先生乘坐火车前往拉格比小镇，并从火车站坐的士抵达羊驼牧场。

走进羊驼牧场，一番与世隔绝的童话风景扑面而来，别有洞天。映入眼帘的是一望无际的大片草坪，令人欢喜。

阳光洒下，与翠绿的大地融汇，羊驼们悠闲地晒着太阳，散落在草坪的各处，神情安然笃定。爽朗清新的空气拂面而来，携带着清甜的花香。我仰望湛蓝无垠的天空，静默观想，心中一片澄澈，清爽怡人。静谧的拉格比牧场，没有城市的喧嚣，只有纯净空灵的蓝天和白云，羊驼和绿地，清静喜悦，意境深远。我似乎已经忘记寻找羊驼这件事了，我想先好好欣赏这般风景。

这群软软的、萌萌的小动物们，像棉花糖一般，把心充盈得暖暖的、甜甜的。（拍摄于 2014 年 9 月 25 日，英国拉格比羊驼牧场）

R 先生也被眼前风景震撼。长期生活在钢筋水泥城市之中的我们对一望无际的牧场、大片大片的草坪有无限向往。悠然晒着太阳的羊驼，好似只存在于童话书里。

拉格比的羊驼牧场是我见过的第一个大型牧场，宛若世外桃源，连文字与画笔都变得匮乏，难以描摹这般天地。蔚蓝辽阔的苍穹之下，黄澄澄的水仙花像灿烂的珍珠闪耀在树林之中，冰雪般晶莹，随风舞蹈，活泼天真。

一只小羊驼睁着伶俐的大眼睛，它比其他羊驼都要灵活敏捷，像小鹿一般欢脱地奔跑起来，大多数羊驼都呆萌且傻乎乎的，躺在草坪上一动不动，甚至连扭动脖子都如蜗牛一般舒缓。

我们头顶着灿烂阳光与蓝天白云，打开栅栏门，在牧场里追逐羊驼。温柔的牧场不断地铺展到我们的眼帘，像一个优雅舞蹈的女子的胸脯，好似随着我们奔跑的节奏上下起伏，畅快呼吸着，那么曼妙，灵动，而壮丽，使人近乎疼痛地感动，美丽且盛大。

我细细地观察着羊驼的全身，从它水盈盈的大眼睛到浑身棉花糖一般的绒毛，好像见了稀奇的宝贝似的，不知所措地欢喜着。我奔走在大片农场的草地，终于看见几座错落有致的小房子散落在草地的边际，仿佛蕴含着遥远梦幻的故事，阒静而悠然地坐落于天边，低垂的白云似乎要亲吻到房子的烟囱，令人联想到圣诞节时圣诞老人从烟囱里钻进钻出的画面。

我和 R 先生随着风的方向奔跑跳跃，一阵阵爽朗的风把我的头发吹得像花儿一般绽开。R 先生也在风中笑得恣意，像奶油冰激淋一般，在通透鲜嫩的阳光下融化着。天高地阔，蓝得如水洗过似的晴朗天空下，水仙花争相斗艳，树林里散发着大地的清新芬芳。R 先生为我拍下我在水仙花丛中的情景，画面中我的脸上荡漾着喜悦的表情，目光悠然地投入远方明净清丽的风景中。

拍摄于2014年3月25日，英国拉格比羊驼牧场

"什么才是发光的羊驼？像灯泡一样发光？"我问R先生。

"开什么玩笑，哪有这种生物？"R先生露出质疑的神情。

"深海里的水母，黑夜里的萤火虫！"我兴奋道。

"所以发光的羊驼只有在晚上才看得见？"R先生望向远处的羊驼。

"没错！"我肯定道。

静谧的夜，宛若泼墨一般氤氲散开，柔软起来。我隔近，凝视着一只黑色的羊驼。细长的睫毛像一片月光，静静投影在毛茸茸的脸蛋上。这只黑色的羊驼越看越特别，与夜色融为一体。

天色已由靛蓝变为墨青。那只白色的发光的羊驼并没有找到，夜里的羊驼牧场一片漆黑，只有羊驼商店的光亮着，并未见到牧场主人。我和 R 先生只好离开，下次再来寻找那只发光的羊驼。

难道我漏掉了什么信息？返程的路上我一直在思考，会不会找错了牧场？

3

古堡的吉他声
....

"以后有很多时间可以找羊驼，你也不用着急。" R 先生安慰我。

我点点头，默不作声。我回到修道院公寓，R 先生发来信息："明天带你去一个地方。现在什么都不要想了，快睡觉，好好休息。"

"好。"

我闭上眼睛，满脑袋皆是拉格比牧场的画面，迷迷糊糊地睡着，梦到一只发光的羊驼在翠绿的草坪上奔跑。

清晨的阳光透过窗帘映在我的脸上，梦里的发光羊驼发出太阳一般的光芒，我睁开眼，已是上午九点，阳光格外灿烂通透。我下楼，从长廊走向修道院公寓大门时，发现 R 先生已在大门口等待许久。

"我们去哪？"

"凯尼沃斯。"

"今天什么都不要想，只做一件事，放空。"

"好。"

我内心一直向往宁静的地方，即便是环游世界，我也更愿意选择小众且人烟稀少之地。我喜欢静谧多于繁华，喜欢一切朴素、蕴藏岁月痕迹的地方。凯尼沃斯古堡，就是如此宁静且小众的地方。

映入眼帘的是断壁残垣的中世纪城堡，淡淡橘粉色的石墙，凸起细小波浪的纹痕，留下历史斑驳的痕迹。这座古老的城堡，已是英格兰最宏伟的废墟之一。

R 先生和我走进凯尼沃斯城堡，穿梭于城堡的残骸，看到英国小朋友在草坪上野餐嬉戏。凯尼沃斯恰如其分地契合了我当下的心境，像一缕阳光一般照进心房。行走的最大魅力，并不仅仅是停留在观感层面，而更多是对人内心深处的感召。

我与 R 先生很默契地身着灰色复古装。硕大的单反在我们之间晃来晃去，在这 1000 年历史的偏僻地带寻觅一些蛛丝马迹。我们走到古堡最著名的伊丽莎白花园，在一片芦苇丛中席地而坐，耳机里循环着《威廉古堡》和《爱在西元前》。我曾经在蓝漆木头课桌上的揣想，如今已经真真切切变成了现实。早自习上，同桌偷偷把周杰伦的歌词拿出来背。一盒小小的磁带，在复读机里悄悄地转着。诸如此类的细节不用写在日记里，也不会忘记。

阳光四处游离如时光的发丝，随风飘散。阴晴周旋令人晕眩。翻滚的云海为古堡遗址增添了神秘气氛。我独自走向芦苇深处，乌黑的长发自然垂落腰间，衣角轻碰到灌木丛，没有风，大片云海在我上空驻足。R 先生偷偷拍下了我的背影。

我们的行走是缓慢的，甚至是静止的，彼此之间没有什么言语，仿佛在演绎一部静默的文艺剧。缓慢的节奏，更令人着迷。历史的痕迹如同手指尖上的迂回纹路，不会因为时光流徙而变化。曾经轰轰烈烈的爱恨情仇都湮没在阳光与芦苇之中。

或许单反相机里的曼妙镜头所带来的记忆更能激起情绪，而我只是更偏爱遗失的片段。伊丽莎白与罗伯特手牵手漫步城堡花园的那天，天空或许与此刻一样变幻莫测。被爱慕的伯爵与孑然一身的女王，一同长眠于历史的云海中。城堡里到处悬挂着女王的肖像画，她眼神孤傲，深重，仿佛在诉说一个遥远且神秘的故事。有那么一刻我仿佛置身于莎士比亚的《仲夏夜之梦》。发生在凯尼沃斯古堡里的爱情故事正是莎士比亚《仲夏夜之梦》的灵感来源，而戏剧里人物原型正是伊丽莎白与罗伯特。

后花园里的薰衣草安静地随风摇曳，蜜蜂亲吻紫色的花蕊，风把长发吹乱。我安静地凝望。一群英国小孩在草坪上嬉戏，甚是欢乐。思绪随风掠过许多年。悲欢离合，生死轮回，只需瞬间。过去，曾以为的过不去都被时间粉碎。不妥协，亦无法追究。淡淡的柔和的感觉，澄澈的透明的心境。我与志趣相投的朋友一起同行，令人欣慰。我们即便没有太多言语交流，心领神会，就很难得。

我和 R 先生各自办了一张英国文化遗产的 VIP 卡。若景点属于英国文化遗产就能享受半价优惠。办卡的时候，左撇子老爷爷还赠送了一张大不列颠岛的地图，上面红色的三角形图标标注得密密麻麻，全是英国的遗址。R 先生说，以后我们可以挨个儿把英国走一遍，边旅行边寻找那只发光的羊驼。

我们去无人问津的遗址，跟红砖石墙的古堡结缘。旧旧的油画依旧色彩斑斓，描摹封存的一段历史，一份情缘。周杰伦的歌在耳机里盘旋，意味深长。

我和 R 先生准备离开古堡，在伊丽莎白花园听到一段熟悉的吉他声。这不就是我们刚才在耳机里听的《威廉古堡》吗？我忍不住循着琴声寻去，原来是一个金发少年，英国人。没想到，在凯尼沃斯还能遇到周杰伦的粉丝。我上前询问，原来吉他小哥哥的艺名也叫Jay。他真的是非常喜欢周杰伦了。

Jay告诉我，他从小就很喜欢弹吉他，唱歌，但在家人的劝说下从事了自己不喜欢的职业：银行职员。直到有一天他听到周杰伦的歌，《威廉古堡》，彻底激发了他内心的音乐梦想。

我惊呼"Amazing"！

Jay还告诉了我一个秘密。其实他辞去银行工作之前，去曼彻斯特找女巫测试了一次塔罗牌。Jay抽到了一张大阿尔卡纳牌——审判正位。女巫根据塔罗牌的指示，建议他跟随自己的内心去追逐音乐梦想。这个结果正好也是契合他的内心所想，于是他就更加坚定了自己的目标，毅然辞掉了银行的工作，开启音乐之旅。Jay每年安排六个月的时间在考文垂教小朋友学吉他，另六个月的时间就以流浪音乐人的身份，背着一把吉他，从考文垂出发，一路弹唱，开始街头艺人流浪之旅。

听到Jay的经历，我从心底羡慕他。曾经我也多么希望自己可以当一个钢琴流浪艺人，面朝大海、森林、麦田，弹奏钢琴。但这个愿望一直也只能出现在梦里，付诸现实太困难了。

刚才 Jay 提到曼彻斯特女巫和塔罗牌，我甚是好奇。我问 Jay，如果我想找到一样东西，但是我不知道在哪里，可以寻求曼彻斯特女巫的帮助吗？ Jay 的回答是，可以去试试。我决定抽空去曼彻斯特找女巫帮忙。

4

塔罗牌的鼓励

"曼彻斯特的女巫靠谱吗？"我问 R 先生。

"看你自己。可以去尝试！"R 先生云淡风轻地笑了笑。

"那我们去曼城吧！"

"好！"

抵达曼城这天，正是英国的雨季，绵绵不绝的雨，像压抑已久的情绪，灰蒙蒙的天空，带着一丝淡淡的阴郁。以至于曼城给我印象就是一座雨城。

R 先生的学生签证出现了问题，正好也要去曼城办理续

原来羊驼们跑得比我更快，我一回头，它们就迅速跑开了。（拍摄于 2014 年 3 月 25 日，英国拉格比羊驼牧场）

签手续。白天，他独自去办理签证。我独自在酒店房间待着，犹豫要不要去找女巫测试塔罗牌。我在无意中打开酒店房间的抽屉，发现一副塔罗牌和一本塔罗牌说明书。我来不及去思索这副牌的来历，打开书，按照书上的指示洗牌、切牌、抽牌、摆牌。我采用了最简单的牌阵：过去、现在、未来、结果。我抽到的牌依次是世界、愚人、魔术师、太阳，皆是正位。我虽然对牌意还不太清楚，但看到结果是太阳，心中莫名感到很欣慰。

仿佛这无形之中给予了我巨大的勇气和能量。我兴奋地给 R 先生发消息，告诉他，刚才自己测试塔罗牌的结果。大约一小时后，R 先生还没有回复，眼看已是上午十一点。我出门在酒店附近的小超市买了三明治和牛奶，回到酒店收拾行李，继续等待 R 先生的消息。或许他办理签证遇到了什么问题。我给 R 先生打电话，已关机，心里莫名紧张起来，担心他出什么事情。

正午十二点我去酒店前台退房，询问隔壁房间的情况，酒店前台告诉我隔壁房间早上七点就已经退房了。我心中一怔，有些不知所措。我再次给 R 先生打电话，仍然关机，但就在前几分钟他却留下了一条信息。

"走之前记得带走那副塔罗牌，就帮你到这里了。"

我立刻告诉前台自己落下了东西，返回房间拿走塔罗牌。

我努力让自己冷静下来，拖着行李走出酒店。雨突然停了，天空透露着光。我深吸一口气，叫了一辆的士前往火车站，决定独自乘火车赶回考文垂。我抵达考文垂，脑海里全是关于塔罗牌和 R 先生。我设想了无数种可能性，但目前只有一种可能性我觉得比较合理。

那副塔罗牌就是 R 先生特意放在抽屉的。R 先生的消失绝非偶然。那天在古堡偶遇吉他手也绝非偶然。这分明是 R 先生提前安排好的，是他引导我去凯尼沃斯，也是他引导我去曼城。绕了这么大一个圈，只是为了让我在塔罗牌中得到鼓励和信心？这一点我还是有些想不通。

R 先生突然的消失，令人有些不知所措。情绪来不及波动，来不及怅然。我决定直接赶去拉格比。

第二次来羊驼牧场，没想到会是自己一个人。下午，云层流动得很快，阳光若隐若现。迎宾羊驼剪了毛发，被刷成了红色、蓝色、黄色。牧场入口旁的羊驼编制工作室和制品商店亮着灯。我走进，看到各种羊驼毛制品。工作室里开设的咖啡馆似乎正在营业，玻璃橱柜里摆放着甜点和蛋糕。

一个白发苍苍的英国老爷爷走出来，原来他是羊驼牧场的主人，汤姆。汤姆爷爷告诉我，羊驼们刚剪过毛发，下周会有很多观光团前来参观，所以迎宾羊驼刷上了彩色。汤姆爷爷还不停地推荐羊驼毛制成的物品，例如衣服、披肩、围巾、手套、帽子，甚至还有羊驼毛制成的毛绒玩具和拖鞋毯子。我摸了摸羊驼毛披肩，质地柔软细腻。汤姆爷爷将披肩披在我身上，让我感受羊驼毛的轻盈舒适。我对照镜子看了看确实挺美的，不过价格太昂贵，这一件大披肩大概将近1000英镑。英国本地人特别热衷于羊驼毛制品，尤其是服饰。

此刻，我对羊驼制成的商品并不感兴趣，我一心想着那只发光的羊驼。我问汤姆爷爷，牧场有没有一只会发光的羊驼。汤姆爷爷笑称，没有会发光的羊驼，但有会发声的羊驼。会发声的羊驼，是指脖子上戴了铃铛的羊驼。由于部分羊驼太过于活跃，总是东奔西跑，甚至好几次都跳出围栏。牧场主人担心羊驼会走丢，所以在它们脖子上拴上铃铛。

"有多少只羊驼脖子戴有铃铛？"我问道。

"八只。"汤姆爷爷笑道。

汤姆爷爷告诉我牧场的另外一头是湖区。站在羊驼制品商店就能眺望到不远处的湖水。我决定独自前往牧场深处的湖区看看。我跟汤姆爷爷告别之时，无意中看到木桌上一张塔罗牌，是小阿尔卡纳牌当中的圣杯八，也是代表寻找的含义。我瞅了一眼，独自踏上牧场小路。

汤姆爷爷给了我一个重要的信息，那八只戴铃铛的羊驼，一定与众不同。汤姆爷爷说，八只羊驼分别散落在牧场不同的区域，分别是三只白色羊驼，两只棕色羊驼，两只卡其色羊驼，一只黑色羊驼。

　　我决定将这八只羊驼找出来，或许能找到什么新的线索，或许那只发光的羊驼就藏在这八只羊驼之中。冥冥之中有一股力量牵引着我去寻找。若是发光羊驼真的在那八只羊驼之中，那神秘人囚禁在哪里？难道神秘人也在牧场？我边走边想，突然觉得汤姆爷爷有些古怪，待我回头看那羊驼制品商店，灯已熄，不见人影。

　　夕阳西下，蓝紫色的霞光大片流徙。我奔走在牧场小路上，找到围栏的大门，正好没有锁。我打开门，走进牧场的草坪，慢慢靠近三五只羊驼。一只乳白色的大羊驼，呆呆地站在我面前，我稍微靠近一些，它就往后退一点，我伸手摸了摸它身上的绒毛，它立刻就跑开了，然后又站在远处静静

拍摄于2014年9月25日，英国拉格比羊驼牧场

地看着我。另三只羊驼也顺势后退，有点畏惧。唯有其中一只棕色的小羊驼向我靠近，好似一点也不畏惧。

我原地不动地站着，不移步，羊驼们也站着不动，好似在跟我玩"我们都是木头人"的游戏。接着羊驼们纷纷低头开始吃草，细细咀嚼，时而还吐出泡沫。

橘色的夕阳扑来，暖暖的，一切皆变成黄昏的颜色。羊驼们慵懒地散落在草坪上，有的躺下休息，有的继续发呆。此刻，有些疲惫的我索性坐下，在草坪上休憩一会儿，欣赏夕阳，幻想着那只发光的羊驼从夕阳中走来，就像儿时的动画片里九色鹿从太阳中走来一样，光芒四射！

5

消失的铃铛

那只小小的棕色羊驼仿佛对我格外感兴趣，先是驻足观望我，又围绕我踱步转圈，它与其他几只羊驼似乎不同，比较活泼，显得很有探索精神。棕色羊驼闪烁着大眼睛，呆望我一阵，又微微歪头深情凝视。

夕阳愈加灿烂，微风拂动，草坪好似闪烁着星星，青草微微颤动，送来一阵阵泥土的芬芳，轻轻在鼻翼间散开。我闭上眼睛，感受此刻的宁静与美好，仿佛时间静止，草尖的阳光跳跃定格，心跳和呼吸变得平缓而深邃。

草坪厚厚的，软软的，我轻轻挪动身子，听到草儿发出"沙沙"的声音，酥酥的。夕阳暖暖的，吻在我的额头、面颊、手臂，仿佛将我与大地联结在一起，彻底融合。我感受着来自大地的每一次呼吸，感受着阳光吻过我每一寸肌肤的温度，感受微风轻抚过我全身的触感。在大自然的洗礼与拥抱下，我蒙蒙眬眬地睡着了一会儿。

一阵清脆的铃声把我唤醒，三只白色羊驼从夕阳中走来，两只棕色的羊驼跟随两旁，另两只卡其色羊驼跟随其后，好似一个羊驼战队。我起身，观察这些羊驼，确认它们脖子上都系着一只金色的铃铛。

这里一共有七只羊驼，还有一只呢？我回想起汤姆爷爷说的话："三只白色羊驼，两只棕色羊驼，两只卡其色羊驼，一只黑色羊驼。"

那只黑色的羊驼，不见踪影。我奔走到围栏的门口，晃动门锁，那些戴铃铛的羊驼们听到门锁摇晃的声音纷纷移步而来，远处一些没有戴铃铛的羊驼也慢悠悠地走了过来。

或许羊驼关久了，听到门闩的声音，以为主人要放他们出去。不一会儿，大约有二十多只羊驼聚拢而来。我仔细搜寻，但没有看到戴铃铛的黑色羊驼，甚至连黑色羊驼也没有。我想应该换一个地方搜寻，于是走出这片草坪，回到牧场小路，继续前行，朝着湖水的方向走去。

夕阳收回最后一抹余晖，天色暗淡，我拿出手机，用手机照明。塔罗牌从包里滑落，散开。我捡起散落的塔罗牌，发现其中一张塔罗牌的朝向与其他所有牌都不同。唯独这张星星牌朝上，面对着我，其他牌皆背景朝上。

星星塔罗牌，主画面是夜空、星星、湖水，以及画中提着两个水壶的女人。夜空中有八颗星星。星星牌代表着希望，愿望达成。这张牌冥冥之中给了我信心。我要耐心等待，等待夜幕降临，或许发光的羊驼就会在晚上出现。

6

我与羊驼

我沿着湖边走着，夜色逐渐变得深沉，星星一颗一颗地钻出来。隐约中我看到湖的另一边闪烁着微光，同时伴随着铃铛的声音，在静谧的夜色中显得格外清脆、空灵。

我大步流星，朝着微光，循着铃声寻去。一枚金色的铃铛遗落在湖边的草地上。我弯腰拾起铃铛，顺着湖水的波光望去，一只闪闪发光的生物从湖面游来。那是什么？水怪？我吓一跳，慌乱后退，将铃铛扔向湖面发光的怪物。夜空中忽然出现八颗大大的星星，发出璀璨的光芒。发光的水怪渐渐暗淡，我仔细一看，居然是一只羊驼！天呐，我找到它了！

羊驼居然会游泳！这只发光的羊驼像鲸鱼似的，从水中跃起，翻身，然后再次起跳，落在我的面前。我本能地向后退，目瞪口呆。

羊驼闪烁着柔和的光芒，通体晶莹剔透，就像一个天使。我全身定住，凝视羊驼的眼睛。它的眼睛就像水晶球一般，深邃悠远，仿佛装着无数梦想和信念。

我竟然落泪了。此刻，仿佛灵魂有所觉知，一种万籁俱寂的空灵感升腾而起，身心澄澈。

"你终于来了。我等你很久了。"发光的羊驼，对我微笑说道。

羊驼居然会说话。我心里不断迸发出震惊。

"有人写信于我，找我求救。信里说，只要找到你，那个人就会得救。"

我心中有无数疑惑，迫不及待地想知道真相。

"你得救了。你自由了。"羊驼发出银铃般的笑声。

"我？那个被囚禁的人呢？在哪里？"我一脸疑惑。

"你就是那个被囚禁的人。"羊驼凝视我，它的双眸像深邃的湖水一般。

"我！?"我心中一怔，惊诧。

"你一路走来，从中国到英国，从考文垂到拉格比牧场，你每靠近我一步，我就可以远离牧场一步。当你找到我的时候，我也就彻底逃离了牧场的束缚，可以自由自在地跳跃或飞翔了。"羊驼情意深长地对我说道。

"那封信是谁写的？"我感到太不可思议了。

"你写的啊。"羊驼闪烁着水盈盈的双眸，目不转睛地看着我，好似我就是它的救命恩人。

在春天追一只发光的羊驼！（拍摄于2014年3月25日，英国拉格比羊驼牧场）

"我写的信？我自己给自己邮寄了一封信？我什么时候写的？我怎么不知道？"我更加疑惑了。

"信，就是你写的。当你整天沉浸在那个黑压压的考研室的时候写的。"羊驼神情笃定。

我顿时感到内心震动，仿佛心中有什么东西在翻涌流动。

"那你又是谁？"我不禁问道。

"我？"羊驼笑而不语，闪烁着灿烂的光芒。

羊驼快速地朝我飞奔而来，我感到一束光进入到我体内。羊驼进入我的身体里。我与羊驼合二为一。

后记

　　从英国回来的第五年，我终于把《我在天涯等你》完成了。我的读者每年都会问我："什么时候出版？我要去买。"我的家人也问我："写完了吗？你还记得英国的那些经历吗？"我也问我自己，还记得在英国发生的一切吗？当然记得。一辈子都不会忘记。那些记忆随时间沉淀，丝毫没有淡去。

　　回国之后，我从事编剧职业四年，辗转上海与武汉两个城市。阅尽繁华世界，心底始终保留一片澄澈的蓝。每当我疲惫时，脆弱时，痛苦时，只要回想起在英国留学的那段时光，所有的黯淡无光皆会变得明媚起来。

　　在英国度过的那些日子，就像一丝微光、一个童话、一段梦境，让我感到温暖、梦幻，舍不得醒来。当夜深人静的时候，听着某一首歌的旋律，仿佛自己瞬间站在回忆的山顶，极目四望，一切皆盈盈在目，记忆犹新。

　　如今，我身处人海茫茫的职场社会，心境却如孩童一般，呵护着童话梦境。我独自生活在偌大的城市，没有 R 先生，也没有外婆，但我还有父母，还有家人的陪伴。

　　很遗憾，在这本书出版的时候，我最亲爱的外婆已经离开我三年多了。因为外婆，我离开了上海，回到武汉。我陪伴了她生命的最后五个月，她很开心。当初我前往英国读书，前往上海工作，外婆都非常地不舍，每一次别离皆以泪洗面。

如今我回想起来，心中仍然会隐隐作痛。但无论走多远，为了家人，我终究会回来的。我在武汉为这本书画上圆满的句号，相信此刻在天堂的外婆，也会为我感到高兴。

这本书中，我写了英国的九个城市，每一个城市都承载着独一无二的回忆。关于这本书的书名，起初叫"英国寻游记"，后来与编辑讨论之后，采用了我这本书中的一个核心观点，就是"天涯有人在等你"，最后取名为"我在天涯等你"。与其说，走了那么远的路，只为去寻找、寻觅、追逐，不如说我已经在远方，在天涯，等你，一同并肩行走。

漂洋过海，我来到英国，我一直在寻找，寻找自己，寻找梦想，寻找生命的意义。这一路上，风景万千变化，我热衷与心灵对话，追逐精神世界的丰富自由。最后，我在天涯等那个灵魂契合的你。

从英国回来之后，我开始经营自己的新浪微博，将微博名改为"刘爽编剧＿漫画旅行"，我开始陆陆续续地在新浪微博分享自己的旅行心得、摄影作品、绘画作品、书法作品，以及弹钢琴和弹尤克里里的小视频。2017 年，为了回家乡陪伴患病的外婆，我辞掉了阅文集团影视 IP 内容策划的职位，毅然决然回到武汉，做动画编剧。2019 年我再由动画编剧转向做儿童文学编辑，微博再次更名为"爽爽编辑"，如今我是一名 B 站 UP 主（爽爽是塔罗牌师），一名自媒体创业者。这五年的职场经历，支撑我的一直都是学生时代的精神与纯粹的梦想。

曾经，我并不热衷于社交媒体，但通过在英国的学习，我更加深入地了解了新媒体，也更加包容地接受了新的事物。我学着在新媒体平台去分享正能量和有意义的事物，并将自己的所学所得所感传达在新浪微博和 B 站等平台上。通过经营自媒体，我与读者们也有了很多互动交流。我会将《我在天涯等你》的更多细节与创作感受分享在我的新浪微博和 B 站上，也期待更多的读者与我一同感受生活的丰富与纯粹，感受回忆的青春与纯澈。

刘爽

2021年3月16日

鸣　谢

感谢编辑老师谈骁的支持。

感谢熬路老师对我的帮助和支持。

感谢为我写序言和推荐语的前辈和好朋友。

感谢父母和家人一直支持我写作。

感谢已在天国的外婆，一直激励我发奋图强。

图书在版编目（CIP）数据

我在天涯等你 / 刘爽著. -- 武汉：长江文艺出版
社，2022.2
ISBN 978-7-5702-2362-6

Ⅰ. ①我… Ⅱ. ①刘… Ⅲ. ①游记－作品集－中国－
当代 Ⅳ. ①I267.4

中国版本图书馆 CIP 数据核字（2021）第 162891 号

我在天涯等你
WO ZAI TIANYA DENGNI

责任编辑：谈 骁　　　　　责任校对：毛 娟
封面设计：祁泽娟　　　　　责任印制：邱 莉　王光兴
封面题字：刘庆邦

出版：长江出版传媒 ｜ 长江文艺出版社
地址：武汉市雄楚大街 268 号　　邮编：430070
发行：长江文艺出版社
http://www.cjlap.com
印刷：湖北新华印务有限公司

开本：880 毫米×1230 毫米　　1/32　　印张：5.375　插页：4 页
版次：2022 年 2 月第 1 版　　　　2022 年 2 月第 1 次印刷
字数：81 千字

定价：58.00 元